少年雪白

shào nián xuě bái

手帖志

雪小禅

著

长江文艺出版社

→晋·王羲之《快雪时晴帖》·台北故宫博物院藏·题跋

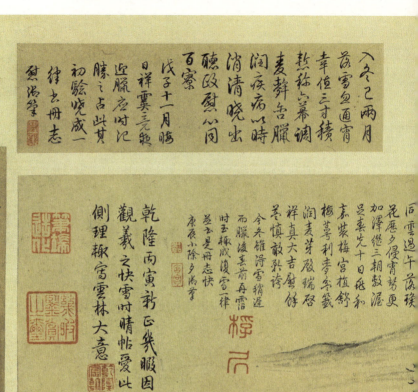

右雪過午藻豫
花歷夕優宵皎更
加澤繼三朝敷渥
吳天先十日飛和
嘉裝梅宮植舒
梅菁利麥本籤
潤麥芽啟瑞啓
祥真大吉厲餘
吾慎敢染誇
今冬雄得雪霄遲
而膩凌夬前再霜
時玉輙咸復雪一律
益玉是册志一快
庚辰小除夕御筆

乾隆丙寅新正幾暇因
觀義之快雪時晴帖愛此
側理輙寫雲林大意

入冬已兩月
積雪盈通宵
幸值三寸積
蟄稱以幕調
麥聲告臘
潤疾病以時
消清晚出
聽政慰心同
百寮
戊子十一月臨
日祥雲充
迎臊启时汜
滕之古此其
初驗曉成一
律去册志
熙洛筆

快雪時晴帖　晉右將軍會稽內史王羲之真蹟

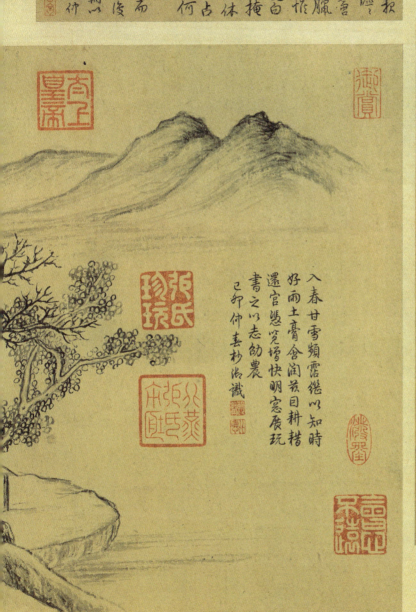

王羲之快雪時晴墨蹟三希堂所刻與快雪堂帖相等

入春甘雪頗霑繼以知時
好雨土膏含潤荒目耕耤
還宮憑覽增快明窗展玩
書之以志劭農
己卯仲春杪沽識

中宵雪势積
漂洒達旦餘
而雪浮林會
先春夏先腊
誠欣惟瀛点怀
優崟留瓦白
铺重厚砌揜
甄青掃未休
緱庵後達占
麦棱敬承何
以厲吾備
盼雪正殷而
時雲再佈俊
成一律書冊以
諸葷啟丁亥竹
冬時日沽堂

所以遊目騁懷足以極視聽之
娛信可樂也夫人之相與俯仰
一世或取諸懷抱悟言一室之內
或因寄所託放浪形骸之外雖
趣舍萬殊靜躁不同當其欣
於所遇暫得於己快然自足不
知老之將至及其所之既倦情
隨事遷感慨係之矣向之所
欣俛仰之間以為陳迹不

↑唐·褚遂良摹《兰亭序》·故宫博物院藏·局部

永和九年歲在癸丑暮春之初會
于會稽山陰之蘭亭備禊事
也羣賢畢至少長咸集此地
有崇山峻領茂林修竹又有清流激
湍暎帶左右引以為流觴曲水
列坐其次雖無絲竹管弦之
盛一觴一詠亦足以暢叙幽情
是日也天朗氣清惠風和暢仰

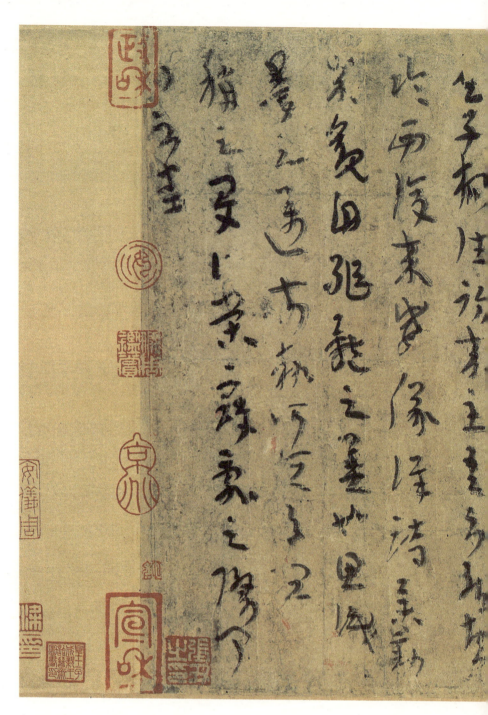

↑ 晋·陆机《平复帖》·故宫博物院藏

天曆三年正月十二日

勅賜柯九思　侍書學士臣虞集奉

勅記

→晋·王献之《鸭头丸帖》·上海博物馆藏

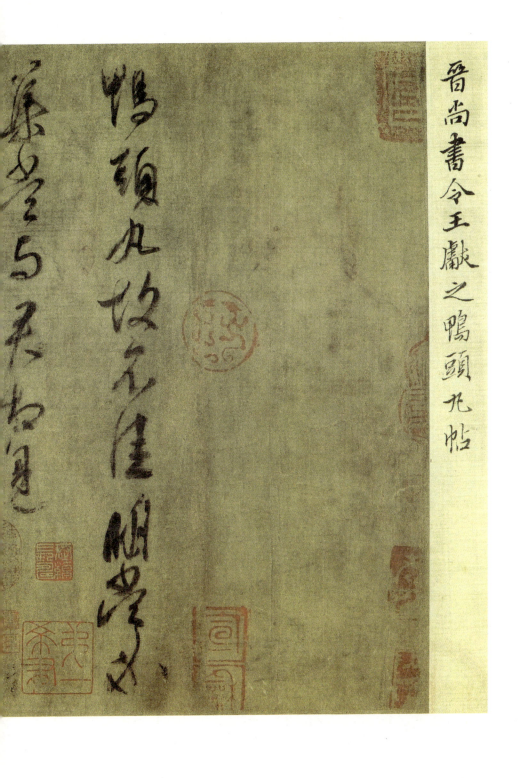

晉尚書令王獻之鴨頭丸帖

↑↓唐·张旭《古诗四帖》·辽宁省博物馆藏

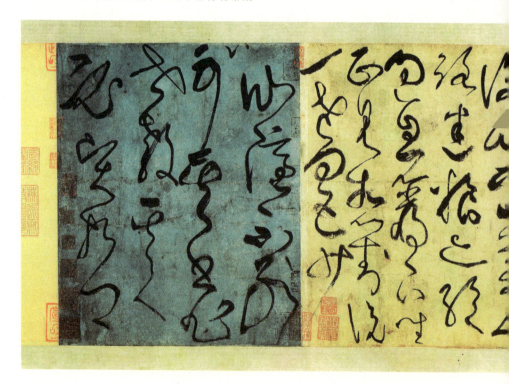

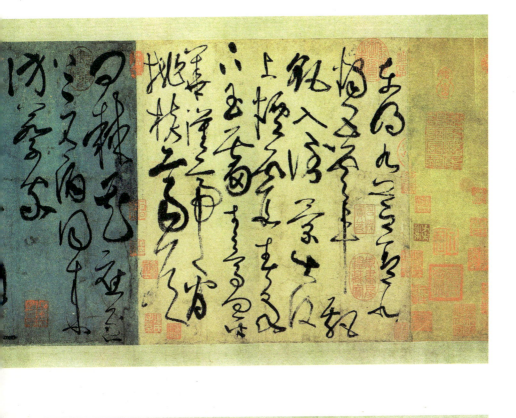

琢磨

對舞寶枝連理錦成窠東

君造化勝前歲吟繞清香故

（…重…次絲…玉…千鳴…）

一 宋·赵佶《书牡丹诗》·台北故宫博物院藏

牡丹一本同榦二花其紅深
淺不同名品寔兩種也一曰
疊羅紅一曰勝雲紅艷麗尊
榮皆冠一時之妙造化密移
如此襃貴之餘因成口占
異品殊葩共翠柯嫩紅拂拂
攢金荷春羅幾疊數丹陛雲

長官董侯閣下

俯留重人還冗中不宣 軾再拜

舍去緣万一

六月

→宋·苏轼《获见帖》·台北故宫博物院藏

軾啟硯近者經由摧

見為章過辱

遣人賜

書得聞

起居佳勝寪慰兼枤

命出於

佳惹連承

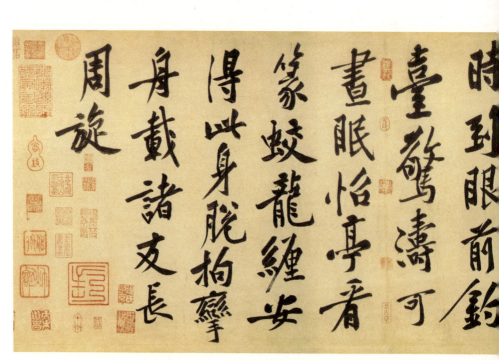

松風閣

依山築閣見平
川夜闌箕斗插
屋椽我來名之
意適然老松魁
梧數百年斧
斤所赦今參天

不歸卧僧榻泉
枯石燥復潺湲
山川光暉為我
妍野僧早旱
饙不能饋曉
見寒溪有炊
煙東坡道人
已亡久泉長
笑而可

有歸與之情何則質性自
然非鶬勵所口飢凍雖迫
違己交病嘗從人事皆口腹
自俊於是悵然慷慨深愧
平生之志猶望一稔當斂
裳宵逝尋程氏妹喪于
武昌情在駿奔自免去職
李秋及冬在官八十餘日因
事順心命篇曰歸去來兮
乙巳秦十一月也

↑元·赵孟頫《归去来辞》·辽宁省博物馆藏·局部

歸去來辭序

余家貧耕植不足以自給幼

稚盈室缾無儲粟生生之

資未見其術親故多勸

余為長吏脫然有懷求

之靡途會有四方之事諸

侯以惠愛為德家叔以余

貧故遂見用於小邑于時

風波未靜心憚遠役彭澤

去家百里公田之利足以為

作也東方先生喟然長歎仰

而應之曰是故非子之所能備彼

一時也此一時也豈可同哉夫

秦張儀之時周室大壞諸侯不

朝力政爭權相擒以兵并為十二

有雌雄得士者彊失士者亡

浮說得行焉身處尊位珍寶充

肉外有倉廩澤及後世子孫長享

今則不然聖帝德流天下震慴諸

美賓服威振四夷連四海之外以為

帶安於覆盂天下平均合為一家動

發舉事猶運之掌賢不肖何以異

↑ 明·董其昌《东方朔答客难并自书诗》·辽宁省博物馆藏·局部

答客難　東方朔

答客難　東方朔曰種秦張儀壹當
萬乘之主而身都卿相之位澤及
後世今子大夫修先王之術慕聖
人之義諷誦詩書百家之言不可
勝紀著於竹帛脣腐齒落而不
而可釋好學樂道之效明白甚
美自以為智能海內無雙則可
謂博聞辯智矣然悉力盡忠以
事聖帝曠日持久積而十年官
不過侍郎位不過執戟意者尚有

峰陽老樹孤桐孫陳
館聞絲弊病客藥囊
暫別就醫隨席請歌
直請鄉相歌聖禮情畢
復何益

崑崙使者

甚崙使者無消息戍

陵姻樹生慈邑金盤玉

露自淋漓元气莊之投不

清·王铎《李贺诗帖》·台北故宫博物院藏

卻使青龍之精誰主
不相許鳌霸蛙髮更
轉語
高手孫東私路
侵之槲葉香未花滿寒
雨今夕山上秋永謝無人
盤石礫遠荒澁棠寶
懸辛苦古者定幽尋呼
君作私路

丁亥
王铎

聽穎師琴歌

別浦雲歸桂花渚
國絃中雙鳳語芙蓉
葉落秋鸞離鵾玉
起遊天姥瞼佩清臣
鼓水玉波海峨眉窅氐
誰肯挾劍趨長橋誰
君浸髮題春竹笙僧前

浮麒麟背上石文裂
蚪鱗下紅肢折句霄偏
傷萬國心中天夜天高
明月
神倦曲
碧峰海面藏雲書上
帝揀狂仙人居清明笑
語聞岩盧闥乘巨浪騎
鯨魚春羅書字邀王母
甚寫紅樓最深藏雲鶴

目 录

有匪君子，
如切如磋，
如琢如磨。

节选自《诗经·卫风》

有匪君子，

凛凛

我是运足了气，拿了铜锤铁鼓来写颜真卿的，仿佛铆足劲儿的角儿，运够了三天的气，但一上场仍然觉得气力不足——上场的锣鼓点还有，上了场，蔫了。

纵使我冲了一杯三寸长的太平猴魁和95年的大红袍来仗阵势。

没有办法，隔了一千多年，颜真卿仍然这样气势夺人，清奇凛凛。有一段时间我几乎想放弃，不写他了，太恢宏了，像米开朗基罗的雕塑、柴可夫斯基的交响曲、陀思妥耶夫斯基的小说、泰山石刻……你不管它，不想它也没用。它压迫着你的神经，你一回头，它在。山留在原地，留在唐朝，碑帖传到现在，如临其境。

看《祭侄文稿》依然眼含热泪，悲壮之情与汝同在。《争座位帖》飘逸清奇高古，到《颜勤礼碑》，71岁的颜真卿给我们展现了沉着、冷静与飘逸集于一身，雄浑豪放与清奇并于一体，完全融化。这个"化"是化腐朽为神奇的化，是从容不迫的化，是冲淡与纤秾

→ 唐·颜真卿《祭侄文稿》·台北故宫博物院藏·局部

顏真卿祭姪文藁記

內府所收顏真卿真蹟凡四入石渠寶笈者一，真卿書建中三年宋巨川告身卷，又書建中元年宋巨川告身卷，又裴將軍詩卷，待續入者三，別有一卿真爭座位帖，似屬贋鼎，列之石渠次等，不以為珍也。茲乃得其祭姪季明文藁真蹟，搜閱一再，嘆其一家捨身盡節而為其君者如不知也，又嘆其經千年滄桑化为一体的化，是疏野与含蓄放纵的化。

公元755年12月至763年2月。这八年，是中国由盛至衰的转折点，是盛唐急转直下的节点。这八年，是唐朝安史之乱，颜真卿在，恰恰在。且是国之重臣。

一个人的字里，一定隐藏着他的时代。那个时代的面孔，会潜伏在他的碑帖中，无法逃脱。逢上安史之乱，那是杜甫的命，也是颜真卿的命。杜甫的诗里有家国忧伤的风暴，颜真卿的字里全是金戈铁马和悲声泣泪。《祭侄文稿》中，满纸的悲壮啊，侄儿被敌军杀死了，他颤抖的笔全是绝望的悲伤，一笔紧似一笔，杀伐之气中，是不能自持的悲伤，忘了形的愤怒像下山的狮子，又似琵琶乱弹，一声紧似一声里，是江河万里直流而下。霹雳惊弦之下，是对侄儿生生的眷恋和念念不忘。这是天下第二行书的魔力。在原作面前，我屏息难言，那是颜家的风骨——选择了姓颜，必须选择风骨。

那铁骨铮铮里，是大唐的磅礴、硬气、阔朗。那文稿中，带着安史之乱的战火硝烟。气宇轩昂、挺胸傲骨，是永远不屈的灵魂。刚强之外还是刚强，大气磅礴之外

《祭侄文稿》

『维乾元元年，岁次戊戌，九月，庚午朔，三日壬申，第十三叔，银青光禄大夫使持节，蒲州诸军事，蒲州刺史，上轻车都尉，丹杨县开国侯真卿，以清酌庶羞，祭于亡侄赠赞善大夫季明之灵曰。

惟尔挺生，凤标幼德，宗庙瑚琏，阶庭兰玉，每慰人心，方期戬谷，何图逆衅，称兵犯顺。

尔父竭诚，常山作郡。余时受命，亦在平原。仁兄爱我，俾尔传言，尔既归止，爰开土门。

既开，凶威大蹙。贼臣不救，孤城围逼，父陷子死，巢倾卵覆。天不悔祸，谁为荼毒。念尔遘残，百身何赎。

呜呼哀哉。吾承天泽，移牧河关。泉明比者，再陷常山，携尔首榇，及兹同还。抚念摧切，震悼心颜，方俟远日，卜尔幽宅，魂而有知，无嗟久客。呜呼哀哉。尚飨。』

是宝相庄严。颜真卿，生生活成了后人必须仰望的神——在金戈铁马中，一身战袍去拼江山，书法的存在不仅仅是祭奠侄儿和书写悲愤，更多的时候，他宣泄着雄浑威严的颜体和悲愤忘形的中国性格。

后人想起颜真卿，多是以人论书，他，做人有品，做官有样，做文有调。以刚直不阿和国家情怀让后人仰望、敬畏。永远怀着凛然的心生起敬意，不敢有一丝丝冒犯。

这身硬骨头啊，隔了一千多年敲，仍然铮铮作响，丝毫不减其魅力。不看字看人，忠烈之气回荡得满山满谷，那一身正气，让人吸着一口气敬重他，还不行，还要仰视，还要被一种热烈端庄的情怀泡着，直到热泪盈眶。

字品就是人品。那大气雄浑、饱满壮阔的颜体，那劲健风神、悲壮飘逸的颜体，那旷达忠厚、沉着超拔的颜体，着实让人后背发紧，手脚发凉。

盛唐气象在，安史之乱的悲愤在。国破家亡、城春草木，他的书法里，丝毫不掩饰心中悲愤或忘形，是不修饰的大好，是人间忘情的大美。那有忘无忘之间，就是艺术的高妙之处。

每去西安碑林，必去颜真卿的颜氏家庙前立上一会儿。居然就那样裸露着，还没装上玻璃，死死盯着那些仿佛带着长枪大剑的字，每个都凛凛然的样子，不可侵犯的样子。像守卫着颜真卿，像是忠贞得不能再忠贞的卫士。

第一阶段，求雄媚书风。力透纸背，这四个字用在颜真卿身上还是薄啊。他的字由初唐的瘦长化为方形，方中见圆，筋骨十足，锋芒毕露。这种遒劲郁勃，是书法美与人格美互相映照。瑰丽之下，是钢铁一样的魂魄铸造——50岁之前的雄媚书风，师从张旭齐于古人，这一阶段，是《多宝塔碑》——雄毅、健力立骨、整密、深稳，已自成一体。

第二阶段，求字外磅礴。50多至65岁，颜体丰神具备，已渐成熟，经历了安史之乱的动荡，接二连三被黜，书生到斗士到统帅，从立朝到外黜再

唐·颜真卿《祭侄文稿》·台北故宫博物院藏

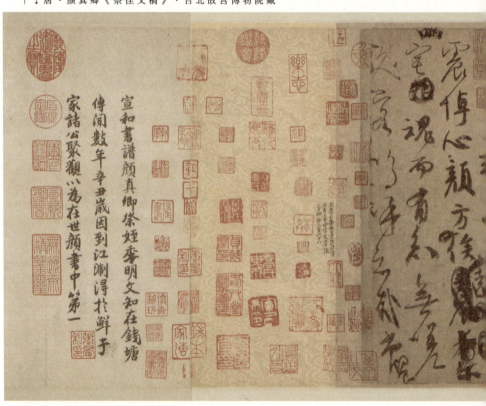

維乾元元年歲次戊戌九月庚
午朔第十三
叔銀青光祿
夫使持節蒲州諸軍事蒲州
刺史上輕車都尉丹楊縣開國
侯真卿以清酌庶羞
贈贊善大夫季明之靈曰
惟爾挺生夙德宗廟瑚璉
階庭蘭玉每慰

階庭蘭玉每慰
人心方期戩穀何圖逆賊間釁
稱兵犯順爾父竭誠
常山作郡余時受命亦在平
原仁兄愛我俾爾傳言爾既
歸止爰開土門土門既開兇威
大蹙賊臣不救孤城圍逼
父陷子死巢傾卵覆
天不悔禍誰為荼毒念爾
遘殘百身何贖嗚呼哀哉
吾承天澤移牧河關

到立朝，起起落落的人生中，多是对人生和灵魂的锤炼，他以形密取气势，不以疏宕取秀逸。这阶段，他写下《宋广平碑》、《重建颜含碑》。

第三阶段，求生命浪漫。65岁之后，他渐入化境，在圆润丰神中透露自己的豪迈气度。六十耳顺，七十从心所欲。他从心所欲，他八荒四海，他生命烂漫。生命哲学和书艺哲学已打通悟彻，笔墨线条中，洋溢着生命的颂歌，激射出人格光辉。互相点化，在一撇一捺中书写血泪斑驳的历史瞬间，显现功力的炉火纯青。

老树枯林，是艺术的化境，却盛开着新绿与花枝，颜筋柳骨，正直节气端然喷薄而出。71岁他写下《颜勤礼碑》，达其情性，大开大合，纵横天下，气场全开，雄浑之气弥漫，蟒袍之下，尽是盛唐。

《颜勤礼碑》好啊，是晚年的孟小冬，没板没眼地哼上几句，全是人世苍凉——她爱过的梅兰芳和杜月笙全在那几句可有可无的哼里。就那么随便一哼，就是那个调那个味。像一泡50年的老茶，刚一煮就闻到了老光阴之味，一口下去，可以逼出眼泪来。鬓已星星时，隔帘听雨，是老僧无戒，也是天真烂漫。

这是厚重而忠烈的颜体。每每与书家说起颜体，每个人却一脸敬重——人们爱他的人超过他的书。

苏轼有一总结："诗至杜子美，文至韩退之，书至颜鲁公，画至吴道子，而古今之变，天下之能事毕矣。"他说到了极限，雄秀独出了，平生肝胆卫长城，至死图回色不惊，世俗不知忠义大，百年空有好书名。

几历奸佞陷害，仍然赤子忠心，一门靖节，精忠大节，写书法在不经意间已经天人合一纯粹烂漫。

宋人米芾曾慨叹："颜书如项羽挂甲，樊哙排突，硬弩欲张，铁柱特立，昂然有不可犯之色。"

壹

我记得我在西安碑林的冷汗，只在颜真卿面前，唯有。

76 岁那年，叛军李希烈杀死颜真卿——他试图劝降颜真卿，遭到破口大骂，颜真卿面不改色赴死，给儿子的家书中，只说严谨地敬奉祖宗，抚养孤儿。

连死都如此壮阔。

很多女书家写颜体。我写不了，只能起敬意——颜体里全是家国情怀赤子之心铁骨铮铮，是隔了一千多年，骨头上还开着钢筋裂骨的字，是不屈的意志和灵魂，是金戈铁马气吞万里如虎。

我怀了千年敬意坐在此间，嗅蔷薇。

颜 真 卿 《 祭 侄 文 稿 》

全称为《祭侄赠赞善大夫季明文》，是追祭从侄颜季明的草稿。这篇文稿追叙了常山太守颜杲卿父子一门在安禄山叛乱时，坚决抵抗，取义成仁之事。通篇用笔情如潮涌，书法气势磅礴，纵笔豪放，一气呵成。此稿是在极度悲愤的情绪下书写，是极具史料价值和艺术价值的墨迹原作之一。

灵 飞 飞 灵

春夜荡漾，春夜荡漾，简直睡不着了。春天来了风是知道的，虫子也是知道的，连春夜都知道。

《灵飞经》居于春夜。都是飞动的灵气和水气，这样的春夜只能看飞起来的《灵飞经》，春水一样，波动着、荡漾着。

简直像一只翠鸟。

美好的事物总是喜欢袭击人。读它的人也喜欢这种莫名的袭击——在袭击与被袭击过程中完成一次精神的"互动"。

据说《灵飞经》是唐代书家钟绍京所作，钟绍京是三国时期魏国的书法家钟繇的第 17 代孙，有疑心者说并非钟绍京所书。

也并不那么重要了，关键是《灵飞经》的好，写小楷者无不临过《灵飞经》，简直是楷模中的楷模。

唐代的楷书也真是传奇——仿佛每个书家都能位列仙班。虞世南得体，褚遂良空灵飘逸，柳公权妥帖规矩，欧阳询的字简直一丝

壹

鍾可大書

瓊宮五帝內思上法

常以正月二月甲乙之日平旦沐浴齋戒入

室東向叩齒九通平坐思東方東極玉真青

帝君諱雲拘字上伯衣服如法乘青雲飛輿

從青要玉女十二人下降齋室之內手執通

靈青精玉符授與坰身坰便服符一枚微祝

道平坐思西方西極玉真白帝名諱浩庭字
素羅衣服如法乘素雲飛輿從太素玉女十
二人下降齋室之内手執通靈白精玉符授
興坅身坅便服符一枚微祝曰
白帝玉真号曰浩庭素羅飛帬羽盖鬱青晏
景常陽迴駕上清流真曲降下鑒我形授我
玉符為我致靈玉女扶興五帝降軒飛雲羽
翠昇入華庭三光同暉八景長并畢咽炁六
過止
十月十一月壬癸之日平旦入室北向叩齒
九道平坐思北方北極玉真黑帝名諱玄子
字上帬衣服如法乘玄雲飛輿從太玄玉女
十二人下降齋室之内手執通靈黑精玉符
授興坅身坅便服符一枚微祝曰
北帝黑真号曰玄子錦帔羅帬百和交起俳

↑↓唐·钟绍京《灵飞经》·美国纽约大都会博物馆藏·局部

入室北向六拜叩齒十二通頌服十符祝如
上法畢平坐閉目思太玄玉女十真人同服
玄錦帔青羅飛華之帬頭並積雲三角髾餘
髮散垂之至膺手執玉精神虎之符共乘黑
翩之鳳白鸞之車飛行上清晏景常陽迴真
下降入坅身中坅便心念甲子一旬玉女諱字
如上十真玉女悉降坅形仍叩齒六十通咽
液六十過畢微祝曰
右飛左靈八景華清上植琳房下秀丹瓊合
度八紀攝御萬靈神通積感六氣鍊精雲宮
玉華乘虛順生錦帔羅帬霞映黻庭臀帶虎
書絡羽建青手執神符流金火鈴揮邪却魔
保我利貞制勑眾袄萬惡泯平同遊三元迴
老反嬰坐在立亡侍我六丁猛獸衛身從以
朱兵呼吸江河山岳積頃立致行厨金醴玉

青上帝君諱諱雲拘錦帔青帬遊迴虛無上晏常陽洛景九崛下降我室授我玉符通靈致真五帝齋軀三靈翼景太玄扶輿乘龍駕雲何慮何憂逍遙太極輿天同休畢咽炁九咽止

四月五月丙丁之日平旦入室南向叩齒九通平坐思南方南極玉真赤帝君諱丹容字洞玄衣服如法乘赤雲飛輿從絳宮玉女十二人下降齋室之內手執通靈赤精玉符授與地身地便服符一枚微祝日

赤帝玉真厰諱丹容丹錦緋羅法服洋洋出清入玄晏景常陽迴降我廬授我丹章通靈致真變化萬方玉女翼真五帝齋雙駕乘朱鳳遊戲太空永保五靈日月齋光畢咽炁八

個上清瓊宮之裏迴真下降華光煥彩授我靈符百關通理玉女侍衛年同劫紀五帝齋景永保不死畢咽炁五過止

三月六月九月十二月戊己之日平旦入室向太歲叩齒九通平坐思中央中極玉真黃帝名諱文㮤字摠㿻衣服如法乘黃雲飛輿從黃素玉女十二人下降齋室之內手執通靈黃精玉符授與地身地便服符一枚微祝日

黃帝玉真摠御四方周流無極號曰文㮤五彩交煥錦帔羅裳上遊玉清俳個常陽九曲華關流看瓊堂乘雲駟鸞下降我房授我玉符玉女扶將通靈致真洞達無方八景同輿五帝齋光畢咽炁十二過止

靈飛六甲內思通靈上法

不苟的像军人。颜真卿宝相庄严不容侵犯，怀素和张旭都疯了——他们的字唱着摇滚乐。钟绍京是梅兰芳的《天女散花》，是翠鸟，是灵枝散漫，是花散去了，仙气香气还在，打开时，扑鼻一千年，不散。

《灵飞经》看得我一脸春气。闷了一个冬天了，忽然就想着一件春衫去春夜里走走，心里也全是《灵飞经》中的字，一个个跳出来陪着走。

《灵飞经》亦像端丽的男子，举止做派是不经意的飘逸。又高古又朴素又有格调。只穿了一件白衬衣，也没见什么配饰，却让人心动极了。心动极了。

又素又简，又空灵又飘逸。高级的美从来是素简低调，绝非花红柳绿。

有一年我去日本，单单爱站在马路上看人。特别是80、90岁的老年女人，尤其让我动容——她们个子都不高，穿着得体的黑、白、灰西服，化了精致的妆，优雅地走在风中，花白的头发更有莫名的性感——我忽然想起《灵飞经》，也是这样老了，还是这样性感着，每个字都意味深长地活了一千多年，越活越有味道，越老越优雅，简直要迷死人的迷。

《灵飞经》本是经书，后来成为世人写小楷之模本。"如新莺歌白啭之声。"虽是小楷，处处灵动如处子，飘逸之气如天女散花，秀媚舒展之处不失沉着稳重，风姿不凡之体仿佛雌雄在身。

启功先生大爱《灵飞经》，曾说得其韵，得其骨。《灵飞经》中飞着一只百灵鸟，启功先生看到了，那么多人写启功体，不像，只有启功先生写了，才那么灵动。

启功先生的字里，藏着一只灵飞鸟儿。

据说钟绍京得武则天重用，嗜书成癖，个人收藏王羲之、王献之、褚遂良真迹数百卷——这样的收藏令人眼羡，一个人看过好东西眼才能高，见过好东西胸才能阔，他的笔法精妙间，有前人给他的元气在身。

楷书中我尤喜小楷。庄重端雅之处，尽是一个人的精气神所在。小楷是写给自己的情书，一个字也不能含糊。每看《灵飞经》，都看到一个人在和自己发生爱情——艺术到极致的人，艺术就是他的爱情，他一个人，自我完成自我救赎自渡彼岸，轻轻一跃，跨到光阴对岸。

每至深夜，翻看《灵飞经》，看一笔不苟之外，是风姿飘逸挺拔，是俊逸起尘中如何神采飞扬，在稳中求健，在得体飘逸中求风流，在飘逸中找安稳，在典雅中求苍劲，在质朴中求华丽，在天女散花中找到真经。

每每看得睡意全无，恨不得找个人去春夜里走走，哪怕不说一句话也好。

《灵飞经》有五种版本。望云楼本、哈佛燕京学社藏本、《滋蕙堂本》、《渤海刻本》以及原帖墨迹。在书法碑帖中，墨迹为上，碑拓次之。但《灵飞经》给我们意外，刻本未忠于原帖，又锦上添花，又做了适当修改，反而更完美。

董其昌拥有过《灵飞经》，当然也拥有过《富春山居图》……每每想起这些拥有便释然，拥有过而矣，不过是这样。董其昌也真是有意思的人，大概是那把大火烧毁之后终于没落，于是把《灵飞经》抵押给海宁陈家。渤海本在陈家刻成。但陈家对《灵飞经》居然做了手脚，想想大概是太爱了，也顾不上道德了——人在至爱一个人或一件事物时是忘记道德的——他们从中抽出了 43 行。但也在无意间保护了《灵飞经》，至少渤海本是完全的。这也是天意。

也见一些人问练书法写小楷。技到意不到——一个人看不到《灵飞经》中的小鸟飞翔和春意荡漾，如何写得出那古朴清秀又似白衣少年歌唱的《灵飞经》？

写来写去，无非是个气息。气韵生动了，便忽略了技巧，落墨旁逸，是能看出其中的灵动和大好，

有人说《灵飞经》体态婀娜，是女子，有人说，《灵飞经》是翩翩少年，婉若游龙。我与一老者聊起《灵飞经》，他说：《灵飞经》是一白发老人，

还有少年样。

我击掌叫好。

我有好友叫苓飞，南开大学艺术学院教授。画画极具灵性。她脸上常常有佛性的笑意，通透干净明澈。

她送我画和雕塑。是仙女。仙气的画和雕塑都有了神性似的。我没有问她是否临过《灵飞经》，我们一直叫她苓飞，但戊戌年春天，她改叫"灵飞"，这样的名字合我心意。

宏芳说："小禅，春天了，我们去看灵飞。"这样的春天，只能去看灵飞。

想屏心静气的时候，就写写小楷。

烧了香，河送来的沉香，又泡了古树茶，用炭煮了，一边闻着茶香墨香一边写着——小楷锤炼一个人的精神气质。

《灵飞经》里有千朵万朵梅花开，骨骼清奇之处，全是楷书的精神长相，自有法度，又法度无边。

我越来越迷恋小楷。像迷恋一个精神整洁的人。每天把自己梳理得精致妥帖才示人，不能一丝将就。也不肯将就。放纵中有收敛，收敛中有飘逸，飘逸中又有规矩。

老同学给我写信。他本是书家，又写了小楷，一字字全是人世间的郑重，字里行间也并不是刻骨铭心，逸笔草草，不过是似水流年。

有人说此经用于请命延算、长生久视、驱策众灵、役使鬼神。这更是欢喜。抄经可以度人度己。抄经就可以静心慈穆——人至中年，越来越信命了，上天安排的每一步都要走，每一步却是考验，是人生的必须。

屋里种了三盆蓬莱松，清奇又有姿态，春天时抽出了新枝新绿，让人心里绿油油的。

我觉得这蓬莱松便是那《灵飞经》，一盆盆精神抖擞又空灵飘逸，格调高古又朴素动人。

一屋子《灵飞经》的飘逸。那字里行间藏着的少年少女纷纷扑向我，个个俊朗飘逸——隔了一千多年，它们容颜依旧，仿佛前无古人，仿佛后无来者。

他们在早春扑了过来。我们久别重逢。我们劈面相认。穿过春风去爱你，《灵飞经》，你，留在原地，我，留在你心里。

钟绍京《灵飞经》

道教经名，主要阐述存思之法，是唐代著名小楷之一，无名款。元袁桷，明董其昌皆以为唐钟绍京书，但启功先生认为只是无名经生所书。钟绍京，字可大，书学二王、褚、薛，在当时是享有盛名的书家，时号"小钟"。《灵飞经》笔势圆劲，字体精妙。后人初习小楷多以此为范本。

但有凉爽

文徵明的字像慵懒的午睡，有凉爽的意味——是优雅的少妇在芍药花下睡着了，优雅、富裕、笃定，突然又吹来凉风，看文徵明的字，神清气爽。

徐渭的字有病气，有邪气，有刺鼻的味道。赵孟頫、董其昌、文徵明，他们的字里藏着富贵人生，总有一种慵懒的意味——从来不缺钱的闲散也在字里，想了想，大概是缺少了生命里那些放浪的元气。这个要命的元气王羲之有，怀素有，苏轼有，王铎有。

但我还是喜欢文徵明。一个字里充满了欢喜和稳定的人——他的字真是一个好脾气的人，好眉好目地站在那里笑着，也并不求什么的样子。稳稳当当地笑过，一脸的岁月静好。

文徵明与唐伯虎同年出生，二人皆官海不顺，文徵明是考了9次，屡败屡战，唐伯虎虽中状元但陷入科场舞弊案，后投奔宁王，宁王谋反，唐伯虎装疯才逃出一命，53岁就去世了。但文徵明54岁人生才开始，书画慢慢进入巅峰，"吴中四才子"都先他离去，他一缺三地又独活32年。

尤喜他晚年小楷。依然方中见圆，个个人书俱老，89岁临《兰亭序》，宁静、雅致、淡泊，字里行间，全是燕落花枝，文徵明的小楷里有兰花香。

特别是篇尾得意地写上："时年 89 岁。"时年 89 岁很重要，活得够久够老真是比艺术还重要的事情。

才华绝世的天才们多数都早夭——王希孟画完《千里江山图》就离去了，不过 18 岁。拉斐尔 37 岁，莫扎特 35 岁，舒伯特 31 岁……

王铎再多活十年，会入化境。黄公望如不是活了 80 多，永远不会有后来的《富春山居图》……人都不老，书怎么会老？

文徵明在世时就已经名满天下了，众多的人求字画，更多的人在模仿他，假画遍地——在明朝买到文徵明的真画也不是件容易的事情。

文徵明喜欢听戏。尤爱听童子唱曲，一听一天，听完去写字，字里行间，全是闲散意。

字里一点火气也没有，全是中国儒家文化的中正平和，正因为如此，也就少了生命的元气和创造力——过度完美的东西不如有残缺的艺术打动人。那些工整和漂亮简直是伤害。

日常的客厅里，适合挂文徵明，不适合徐渭。徐渭的字里杀气伐伐，文徵明的字里是喜气安稳。

89 岁的文徵明，给朋友写完墓志铭，置笔禅坐而逝，安静完美地结束了他这一生。这样的收梢真是万人渴求。

多少年后，有个叫文震亨的人写了本格调了得的书《长物志》，这个人，便是文徵明的曾孙。而我每去苏州拙政园便想起文徵明，那里面的三十一景是他所造，在纽约大都会博物馆，至今藏着《拙政园三十一景册》，想想文徵明，真是极有格调的人。

那时的苏州真妙。充满了一种荡漾的气息，诗人、画家、书法家、园林艺术家、昆曲……杂糅在一起，造造园子听听曲写写诗，人生弹指 90 年。

我愿意也这样，到 89 岁，像文徵明这个老头，握笔而终。

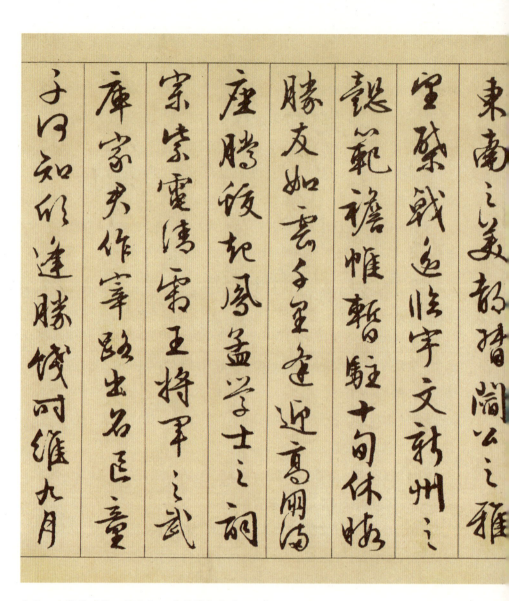

↑ 明 · 文徵明《滕王阁序》· 苏州博物馆藏 · 局部

滕王閣序

南昌故郡洪都新府星分

翼軫地接衡廬襟三江而

帶五湖控蠻荊而引甌越

物華天寶龍光射牛斗之

墟人傑地靈徐孺下陳蕃

之榻雄州霧列俊采星馳

奉橘帖

　　"橘"这个字太好了，有灵异的妙清，染了人间烟火，却又脱了人间烟火。叫"橘"比叫"桔"好听很多。如果叫《奉桔帖》就不如叫《奉橘帖》，轻浅了许多。

　　王羲之真是个有情趣的人，下雪了要写帖，家里的坟地让人毁了要写帖，给人送橘子要写帖……王羲之属于中年的美学，年龄长了，会在鸡零狗碎的生活中找情趣。程派名剧《锁麟囊》中，小姐薛湘灵是这样唱的："也有饥寒悲怀抱，也有失意痛苦嚎啕。"

　　"奉橘三百枚，霜未降，未可多得。"

　　就这么简单的十二个字，却是清清爽爽的日常和人间情意。像回家看到便条：饭菜在锅里，自己热了吃……那样的温度是一样的。

　　三百枚。哦，好多。因为霜未降，还不是采橘的最好时机，所以只采了三百枚。暗自思忖：送给谁呢？三百枚，有几筐呢？还顺便写了个纸条，想想都嫉妒那收礼的人。

晋·王羲之《奉橘帖》·台北故宫博物院藏

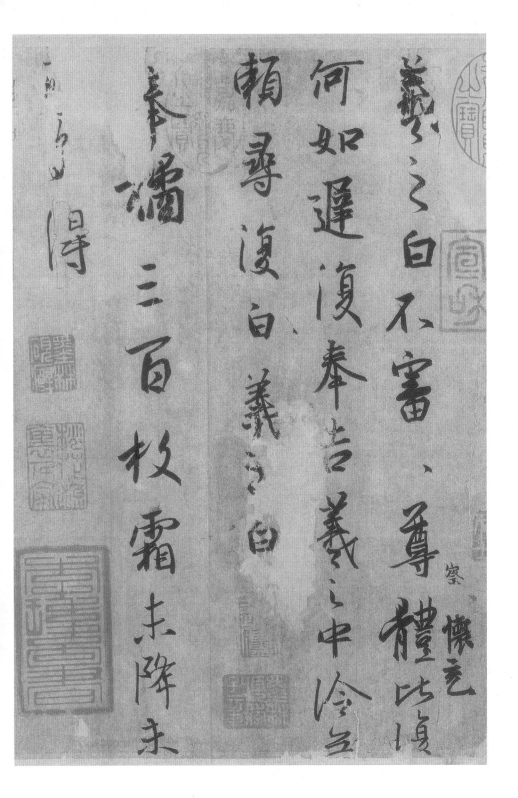

王羲之的《兰亭序》自是最好。恰如游龙，又有壮美阔丽，但论亲近，《奉橘帖》亲了许多。有家长里短的问询，貌似天冷加衣、不要总加班、吃得好一点……蓦然多了人间情意，而这人间情意才是山高水长。

浅红深岩，都不如一碗清茶来得更清幽温暖。所有的浮华终会褪去，与光阴握手言欢，就着秋天亮烈的阳光，去自家小院摘柿子。摘来的柿子晒在阳台上晾着，等它们软了就给朋友送了去。

"奉柿三十枚，霜已降，正甜。"

王羲之送橘，我送柿。他写字，我也写字，只不过隔了一千多年，但惦念一个人是一样的，人间情意是一样的。

那十二个字真端丽，说不出的大好。别人写不出这神龙见首不见尾的十二个字，那是只属于王羲之的橘子。

王羲之《奉橘帖》

《平安帖》《何如帖》《奉橘帖》三帖在明末合裱成卷，并从他处移配欧阳修等人的观款。三帖皆唐人双钩廓填，押署一并摹出。牵丝映带处锋毫毕现，可见书圣糅合快慢、方圆、提按变化的高超笔法。单字造型富大小、偃仰、开合、敧正之变，无一雷同又互相衬托，深刻展现出创造力。

→晋·王羲之《平安帖》·台北故宫博物院藏

壹

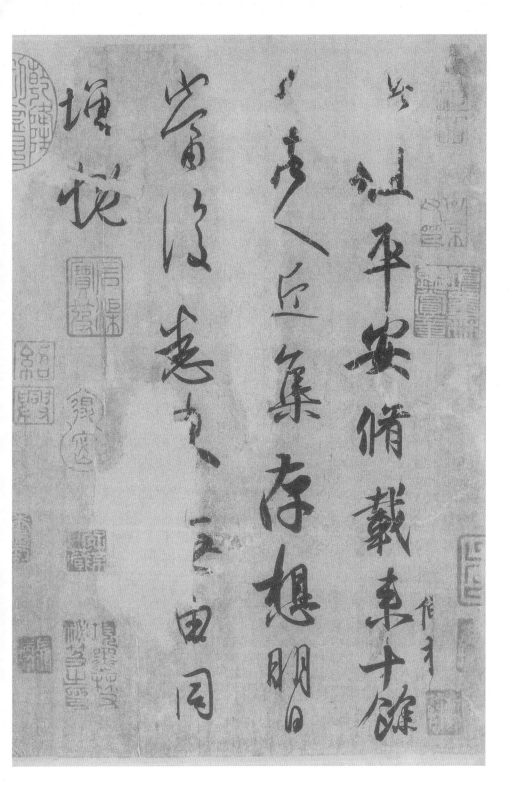

兰亭序

也只有那样一个兰亭了。

是天意，也是应该有《兰亭序》了。就是那样一个春日，不再来的春日。

王羲之醉了，醉了随意写下《兰亭序》，正是因为随意才难再得。抛却了书法的角度，《兰亭序》亦是绝好妙文。在那里，你闻得见墨香、竹香，听得见溪水之响。你甚至能闻到那三月里，略微甜腻的空气的味道，听到书法与文字交织在笔墨间，就那样缠绵着。

像一首逼人落泪的交响曲了。也是老伶人醉后的亮嗓，也是一坛老酒的开封，让人有些慌张，有些苍茫。突如其来的美，难以招架。人在至美面前是张皇失措的……

千百年来，文人们顶礼膜拜、望而生叹。李世民硬生生把它带到棺木中去——也好，最精美绝伦之物，命运也许就是供人怀想。那才是落了片白茫茫大地真干净。

但《兰亭序》有花枝春满之境。开合有度，气象万千。不可说的禅意。

每个字都是世故和练达，每个字都是中国文化的天意和美意。

越到年长，越喜欢读帖了——直接与古人对话，跨越了千山万水的光阴，扑到这些古帖面前。仿佛与久别的亲人重逢。就这样面对面了，比任何画或文学描述更直接更坦荡。让我回到千年前，做三月三绍兴兰亭的一阵风，被王羲之沾了墨，一起写在宣纸上。

永不可复制。

永不可能再来。

中国文人的梦在《兰亭序》中徘徊、停留，不愿醒来。多一笔则多，少一笔则少。不疾不徐。徐徐地诉说、书写，骨子里怀着赤子之心，这是大情怀的中国文化，

《兰亭序》

「永和九年，岁在癸丑，暮春之初，会于会稽山阴之兰亭，修禊事也。群贤毕至，少长咸集。此地有崇山峻岭，茂林修竹，又有清流激湍，映带左右，引以为流觞曲水，列坐其次。虽无丝竹管弦之盛，一觞一咏，亦足以畅叙幽情。是日也，天朗气清，惠风和畅。仰观宇宙之大，俯察品类之盛，所以游目骋怀，足以极视听之娱，信可乐也。

夫人之相与，俯仰一世。或取诸怀抱，悟言一室之内。或因寄所托，放浪形骸之外。虽趣舍万殊，静躁不同，当其欣于所遇，暂得于己，快然自足，不知老之将至，及其所之既倦，情随事迁，感慨系之矣。向之所欣，俯仰之间，已为陈迹，犹不能不以之兴怀，况修短随化，终期于尽！古人云：死生亦大矣！岂不痛哉！

每览昔人兴感之由，若合一契，未尝不临文嗟悼，不能喻之于怀。固知一死生为虚诞，齐彭殇为妄作。后之视今，亦犹今之视昔，悲夫！故列叙时人，录其所述，虽世殊事异，所以兴怀，其致一也。后之览者，亦将有感于斯文。」

全在《兰亭序》里了。

逸少本是龙，人间不留踪。竹峰这样写道："米元章以为跨上龙头了，岂料眼神不过，上了麒麟之背；赵孟頫以为跨上龙头了，岂料不过抓住了龙尾；杨维桢知道自己不是骑龙人，干脆找匹野马独行荒凉；董其昌游龙不成，索性戏凤……"竹峰是我小友，不过30余岁，文字得了中国文人的水气，下笔有神。王羲之写《兰亭序》，是佳人难再得。每个字皆神来之笔，除却仰望别无选择。

三月天读《兰亭序》会醉倒的。

手心会出汗，心里生出毛茸茸的绿意。只想找个懂的人，喝杯上好的龙井，就那样一言不发枯坐着。可千万别说话啊，免得惊动了王羲之——他正写字呢，而你，正陪着他在那千古兰亭。

王羲之《兰亭序》

东晋永和九年（353）春三月三日，王羲之、谢安、孙绰等人，集会于会稽山阴兰亭，修祓禊之礼。王羲之书《兰亭序》，用蚕茧纸，书法藻丽多姿，精美绝伦，历代为楷模。唐太宗李世民酷爱羲之书法，在得到《兰亭序》真迹后，曾命当朝书法名家褚遂良、欧阳询以及弘文馆拓书人冯承素等勾摹数本，分赐臣下，以广布扬。兰亭真迹据记载已随唐太宗埋入昭陵。

快雪时晴帖

快雪时晴。

这四个字美得神魂颠倒，美得危险而料峭。甚至，让人暗生嫉妒。怎么就写在了一起？而且那么有真意，欲妄言，让人束手无策，让人有些许的不快——请允许我些许的妒意。

王羲之、王献之的文章收在《全晋文》里。这些杂帖有着生动的日常大美，于烦琐的人间情意里，全是山水情长。这正是"二王"可爱之处。那些杂帖太好了，好得无法说出它的好——像爱一个人，爱到深处说不出他的好，就那样呆愣愣地看着人家发呆。一腔子柔情，四目秋水。其中最好的，就是《快雪时晴帖》。

中国书法的高明之处在于玄机、通感。把你逼到无人角落里，你于孤独中欣喜若狂，无意之间就通了，就停在春来江水绿如蓝里，就停在东风万里船了，不自知。

想解释一下，却是漫漫虚空，只可意会，不可言传。

行书四行，二十八字。

"羲之顿首，快雪时晴，佳。想安善。未果为结，力不次。王羲之顿首。山阴张侯。"

那个叫张侯的人多么幸福，收到这封信札，想必也是赞叹的。单从书法讲，墨清爽朗浓淡适宜，字疏字缓顿挫起伏，像京剧的流水板，时敛时放，入耳即化。再从意境讲，"快雪时晴"四字足矣，那是一场衣襟飘飘的仙气，是中国文化的典雅清丽。你看，中国文字多么奇妙，但糅合在一起就是禅意，是如何解释也解释不了的空灵。

那份情致摇曳飘荡，端的是人间情意。今年正月我去西双版纳，住光芒山。早晨的光线如黄金织线，一条条织在远山如黛和树林间。薄霭晨光中，春上漫步于林间，有鸟鸣，有翠绿植物，有薄雾，有不可说的玄妙与大美。

我忽然想起《快雪时晴帖》，想起那轻盈、空灵。乾隆"三希堂"它为首，并说"天下无双"。天下无双是对的，独一无二的好东西从来都是天下无双。无知己，且一帖孤独，支撑着书法里的精神与明亮。

王羲之《快雪时晴帖》

传为东晋书法家王羲之创作的行书书法作品，纸本墨迹，现收藏于台北故宫博物院。全文四行，二十八字。作为一封信札写就，是作者在大雪初晴时以愉快心情对亲朋友人的问候。被古人称为"天下法书第一"，与王献之《中秋帖》、王珣《伯远帖》被乾隆合称为"三希"，且此帖列于首位。

壹

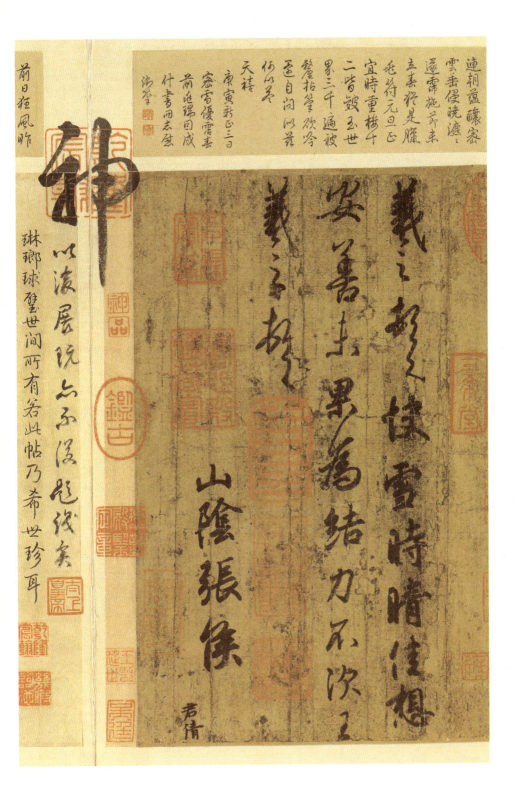

連朝起釀密
雲垂復晚遽
遞需侵拖前未
立表彼元旦正
丞待元旦正
宜時毅玉世
二皆三千遍被
景三千遍被
驚指筆欲冷
遲自閉以莫
何以為
天禧
庚寅新正三日
密雪優雲
前延瑞日成
什書丽志墅
沛筆

前日狂風昨

神

琳琅球璧世閒所有若此帖乃希世珍耳

以淩層玩六不還飛後哀

山陰張侯

君倩

薄冷帖

这三个字真冷啊。

像是一场秋雨似的，一阵紧似一阵的凉。

那种深秋的凉，凉到骨子里的凉。

王献之只活了42岁。人生哪有那么多圆满？才气、名字都有了，父亲还是王羲之，于是老天爷只能让他少活几年。

书法家中，迷恋"二王"的人很多，能和父亲一同笑傲江湖的，他是最有名的一个。但有人偏老王，有人偏小王。我是偏老王的那种。老王一脉中国文化圆润疏朗的路子，小王也是。但小王身体不好，字有病气有寒气，比如《薄冷帖》。

"薄冷"二字是有凉气的。我早年写东西喜欢用"薄凉"二字，后来忌了。

人至中年，更渴望花开富贵，活得像《兰亭序》。"已经岁月"

→ 晋·王献之《薄冷帖》入刻《淳化阁帖》·局部

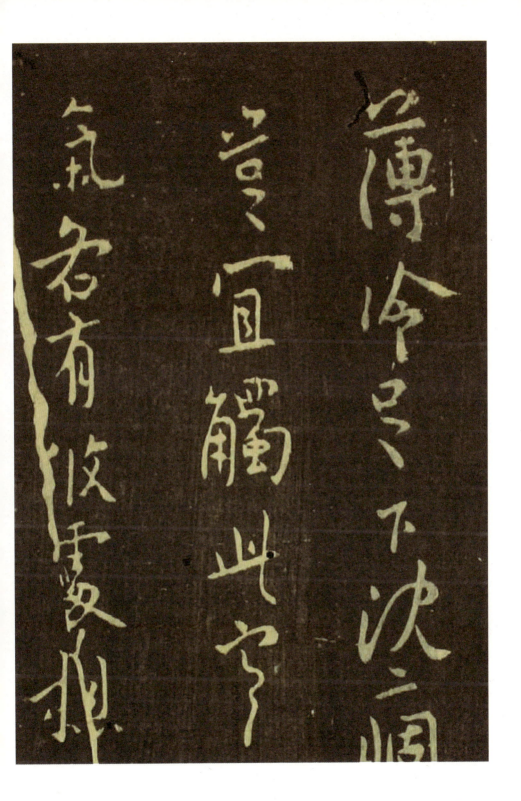

薄泠只下次個

莒二宜觸此空

氣名有後雲飛

四字也好，突然就有了暮气、老气。再怎么抵挡也是有了。

"二王"的路子都规矩中有不羁，圆润中有张力。那么多人喜欢"二王"必有道理。书法家京闻临"二王"炉火纯青，一日醉后为我写下"禅是一枝花"。我大学同学老徐也习书法，看后不无妒忌、不无羡慕地说："这简直是送给你的《兰亭序》啊。"那日，京闻未带印章，老徐说："京闻的字就是印章，何须用印？"

那字挂在家中客厅里，回头一看，忽见有禅意有清香，写得实在是好。

"二王"的书是正旦、大青衣。王羲之是梅派，王献之是程派。程派是有了缺陷而成的流派，却更有苍脉和骨力。

阴雨绵绵翻着《薄冷帖》。更无力了——其实人生无力的时候多也。冷峻艳寂，字里行间全是凉的，温度是低的。白谦慎先生编过一个小册子《一曲微茫》。张充和先生知名的诗句便有薄冷之意："十分冷淡存知己，一曲微茫度此生。"

光阴多冷淡，人世多冷淡。她又写："戏可逢场灯可尽，空明犹喜一潭星。"还是薄冷。

我这几年嗜茶。

读《薄冷帖》，泡了一壶铁观音。

乌龙茶有股沉郁的香，绿茶的香有些轻浮，乌龙就没有。

茶凉了喝下去，薄冷的味道清冽得很。

M打来电话让我去，说父亲出了车祸。她在电话中哭得厉害。前几年她的大儿子出了车祸，又轮到了老父亲。她人在青海藏区，养了很多蜜蜂。那些蜂蜜是甜的，她的日子是苦的，人生十之八九不如意，能有如意人生必当珍惜又珍惜。

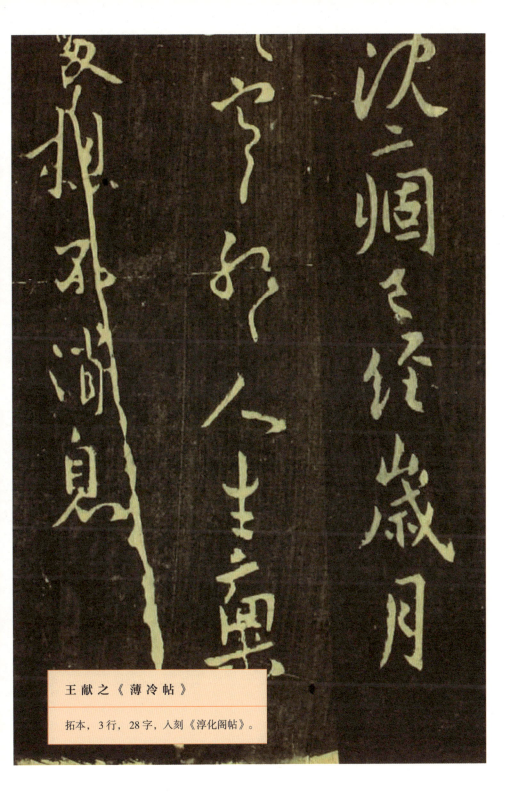

王献之《薄冷帖》

拓本，3行，28字，入刻《淳化阁帖》。

有个节目叫《为你读诗》，请一些名人读诗。

这天晚上，我听了王珮瑜读苏轼的《江城子》。珮瑜是余派老生，每次见都有潇洒端丽的冷清之气。"十年生死两茫茫，不思量自难忘，千里孤坟，无处话凄凉……"这样的声音是薄冷的，是从《薄冷帖》中钻出来的，刀片一样的脆，带着寒光的，随时准备让人疼痛一下的。

王献之那么早就死了，应了《薄冷帖》。

有的时候，字的命运就是人的命运。

这一点，年龄越大越有体会了。命数就是定数，而定数，就是天注定。

壹

一 生 之 憾

　　我有很多书法界的朋友，特别是行书或行草写得好的朋友。比如常常参加行草书法家展的刘京闻，比如陕西书法界最好的女书法家张红春，我问过他们同一个问题，历史上的书法家你们最喜欢谁？学谁？"当然是'二王'。"他们几乎异口同声，这也是我心里的答案。

　　无事闲翻古帖，翻到"二王"时，空气中都带着春水荡漾和魏晋风骨似的，连风都柔软松散下来，我笔端也仿佛被时光下了蛊。魏晋，像服过春药的男子，却又凭着天然端丽的好姿色，一路通关，与天地接引，全是光芒与力量。

　　举手投足，天人合一，每一笔每一画都是与天地往来一般。这是时代的力量，也是我们会赞叹"二王"是标杆，是尺度，是别人无法企及的高。

　　"二王"当然是王羲之、王献之。王羲之生七子，王献之是第七子，父子二人凭借一支妙笔永垂青史。书法史上最光辉最灿烂的一笔，也是不可跳过的一笔。习书法的人谁跳得过"二王"呢？

　　但王羲之遇到了李世民，他喜欢王羲之，简直到了疯狂之境。上有所行，下必效之，在李世民时代，几乎人人都在写王羲之，虞世南、褚遂良、欧阳询……他们不停模仿《兰亭序》，却始终无法超越《兰亭序》，《兰亭序》陪着李世民埋入昭陵，真自私啊李世民。

我少时想，他真自私，但是人到中年，我重新审度"美"——绝美的事物，留在世上，是伤害。

但最美的东西也许应该毁灭，美有时候是邪恶，是放肆，是用来摧残和消灭的。李世民不喜欢王献之，并且略带鄙视。

一个帝王左右了人们的审美，宋徽宗喜欢王献之，但宋徽宗更喜欢当大宋朝书画院的院长。他的喜欢不如李世民热烈，我个人也喜欢王羲之更多。没办法啊，他的心理空间更辽阔，格局更高远，更直通了天地光阴。那《兰亭序》和《快雪时晴帖》都是神来之笔，可遇不可求，是光阴和书法"附"了他的体。他跃上"龙背"，一溜烟就潇潇洒洒写开了，此世难复制，他自己也难复制。

但王献之的《奉对帖》太好，抛开字说，里面令人动容的深情好，好得令人动容，不能自已。王献之的帖中，病气多。《鸭头丸帖》、《地黄汤帖》都是写的病恹恹的气息，非常浓烈。那病气缠绕着王献之，一直缠绕。鸭头丸是药，中医书上说：主治水肿，面赤烦渴，面目肢体悉肿，腹胀喘息，小便涩少。

晋人法帖好在日常、家常、魏碑、唐楷，宋人简意书法也都好，但不如晋人法帖好，刻意的成分多。艺术一刻意就疏离，意境也就跌下去了。晋人法帖是天人合一道法自然，看似没规矩，实则是天真烂漫没大规矩，简直帖帖是妙笔，妙得不能再好。是那个时代赋予的天真、拙朴、明心见性。但唐太宗李世民贬王献之翰墨有病，这个病大约也是帖中之病气。

壹

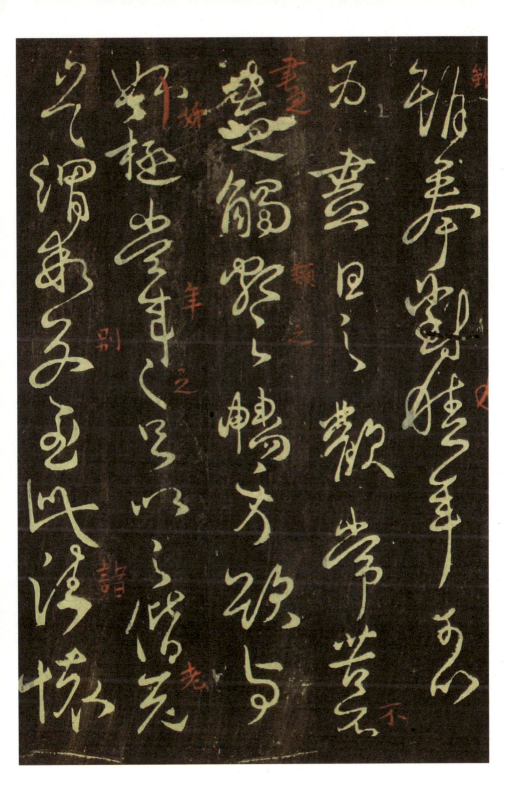

但《奉对帖》我喜欢。

不仅书法格局好，书法雅正飘逸，片羽吉光，他们罕见的深情，还有相思和苦雨之味，在我看来，理当千古不朽，万古流芳，时光徒增是魅力。

《奉对帖》是书写对一个女人的愧疚和深情，这个女人是王献之的妻子郗道茂。翻看《世说新语》皆是魏晋名士的举止仪态，那里面记述王献之的有好几篇。一篇是家里失火，他哥哥王徽之光脚跑了出去，连木板鞋都来不及穿。

王献之却神色安详，慢悠悠地叫来仆人，然后让人搀扶着出去。世人从两个人的表现判断谁是名士。

世人多喜王献之做派，说真名士。我却喜欢王徽之，这样临危不惧不值得效仿，反而有些做作。

第二个故事是王献之、王徽之同时病重，徽之问为什么好久没有献之消息，莫非去世了？脸上也没有悲伤的表情，在车上奔丧时也没有落泪。到了之后，在灵座上弹王献之的琴，琴弦调不好，把琴扔在地上说，子敬子敬（王献之），人和琴都不在了，说完就悲痛得昏死过去了。

我喜欢这个故事，那么厚的悲痛和情义，一言不发，都在心里。

第三个故事是出自《世说新语·德行》，王献之生命垂危。"道家上章，应首过，问子敬由来有何异同得失？"子敬云：不觉有余事，惟忆与郗家离婚。

不久，王献之去世，仅42岁。

他一生的憾事是与青梅竹马的妻子离婚，而离婚，情非得已。所以才有千古名帖《奉对帖》，全是生生的惆怅与深情啊。

一　晋·王献之《奉对帖》入刻《淳化阁帖》·局部

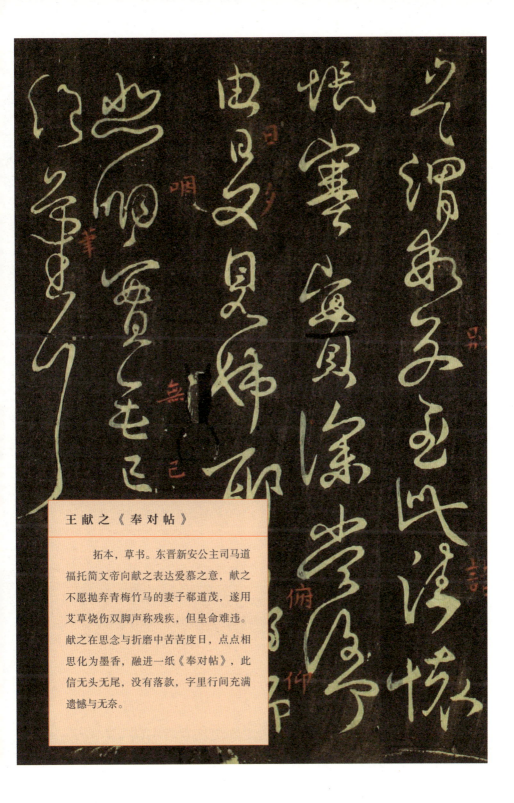

王献之《奉对帖》

拓本，草书。东晋新安公主司马道福托简文帝向献之表达爱慕之意，献之不愿抛弃青梅竹马的妻子郗道茂，遂用艾草烧伤双脚声称残疾，但皇命难违。献之在思念与折磨中苦苦度日，点点相思化为墨香，融进一纸《奉对帖》，此信无头无尾，没有落款，字里行间充满遗憾与无奈。

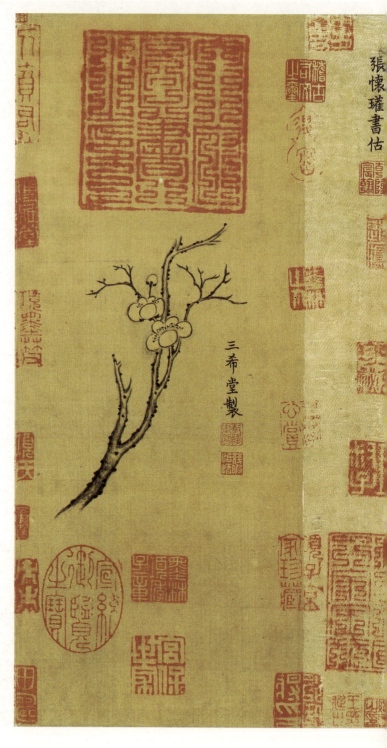

三希堂製

→晉·王獻之《中秋帖》·故宮博物院藏

壹

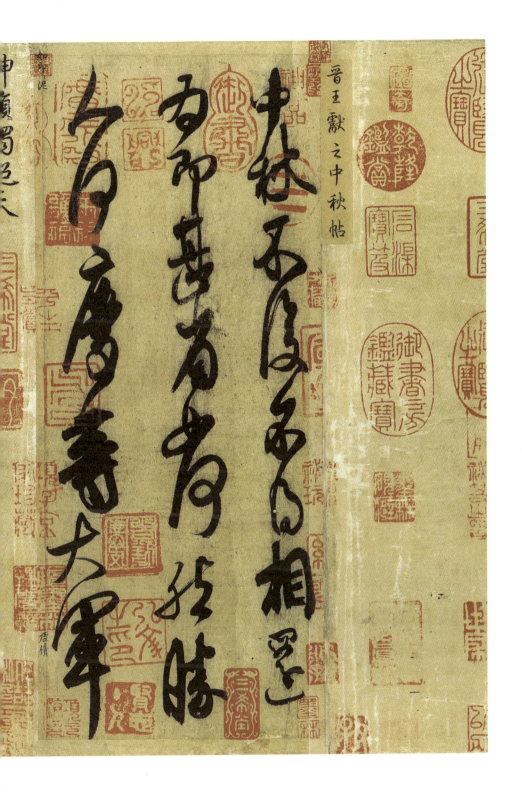

在魏晋，那个向美而生的时代，"男色"成为一种骄傲，潘安、卫玠、独孤信、沈约、王羲之（东床快婿就是指他），当然，还有王献之。

有时候太过英俊真是灾难啊，不仅红颜薄命，男人太英俊也会薄命。英俊如王献之，大书法家王羲之之子，王家的贵胄子弟，那是显赫的王家啊。女人们都喜欢写书法，旧时王谢堂前燕啊，况且一表人才啊。

王献之的书法已经名扬四海，却与长他1岁的表姐郗道茂已经成家。郗道茂是他母亲郗璿的嫡亲外甥女，亲上加亲，门当户对，但公元323年，晋孝武帝的妹妹新安公主司马道福对王献之一见钟情。

虽然她有过婚史，但她一眼看中了王献之，央求皇帝哥哥把王献之赐给她。她又哭又闹，为得到心目中的男人。皇帝找到王献之：你离婚吧。

当公主真好啊，喜欢谁就是谁——但爱情从来勉强不来，她图他的色，图他的才气逼人。

不知道那是怎样的夜晚，他要和她说分别了。

有多少惆怅和无奈吧，郗道茂心中是绝望的吧？何况连个孩子也没有，她离婚后过了怎样的生活，历史上没有一个字。

真替她心酸啊！皇帝妹妹看上了自己的丈夫，她就要离开。王献之无法抗旨，他用一种最残忍的方式来抗婚——用艾草烧伤了双脚，烧得化了脓、瘸了。但公主还是坚持要他，即使他瘸了，也要嫁给他。

娶了金枝玉叶的王献之在仕途上一帆风顺，官至三品，相当于副宰相。别人看来，他远胜于六个哥哥了。但是他的绝望和心痛大概只有自己知道，夜雨秋风时，写下千古名帖《奉对帖》，全是思念、深情、不舍还有绝望。

『虽奉对积年，可以为尽日之欢，常苦不尽触额之畅。方欲与姊极当年之足，以之偕老，岂谓乖别至此！诸怀怅塞实深，当复何由日夕见姊耶？俯仰悲咽，实无已已，惟当绝气耳！』

"虽奉对积年，可以为尽日之欢，常苦不尽触额之畅。方欲与姊极当年之足，以之偕老，岂谓乖别至此！诸怀怅塞实深，当复何由日夕见姊耶？俯仰悲咽，实无已已，惟当绝气耳！"

大意便是：表姐，我和你生活再久也不厌倦。即使年复一年也可看作一日之欢，我们额头触着额头讲话，一次次尽兴。只说是和表姐白头偕老，但命运如此波折，让我们分离。惆怅啊，绝望啊，什么时候能早晚都见到表姐呢？我仰头长叹，呜咽大哭。也许要跟表姐见面，只有等我断了气！

这是怎样的绝望和无奈，他也想出了最残忍的办法，让自己的脚腐烂，变瘸，但仍然没让公主死心。

他想有岁月可回首，他深情共白头，但他无力挽回一切，前妻为她守节，誓不再嫁，娘家已破落。她投奔叔父，没了父亲，没了丈夫，所生女儿又夭折。王献之到死都没有原谅自己，一直在病榻上缠绵。我也终于知道他字里的病气从何而来。

《奉对帖》满是惆怅之气场，特别是"俯仰悲咽""惟当绝气耳！"已经远远超越书法的意义，那几笔草书仿佛乱云飞舞，是他对那个残酷世界说的最美情话。

此帖最后被收入宋《淳化阁帖》中，成为传世名帖。

在后来的很多帖中，王献之反复提到自己脚痛，然后用什么药如何治。病痛和相思一直挥之不去，梳理他42年的人生，除了书法就是爱情。爱情成了他的事故，不知他对生活或者生命是否萌生出过倦意。我没有在他的帖中读到过欣欣向荣和盎然绿意。

还有他的《思恋帖》，我对你的思念无处不在，我怎么能见到你？快给我回信，不要让我惦记。看得人会窒息，心

"思恋，无往不至。省告，对之悲塞！未知何日复得奉见。何以喻此心！惟愿尽珍重理。迟此信反，复知动静。"

绞痛。唯有真爱才会如此。爱得越深的人，疼痛系数会越高。

还有那帖里山高水长的晋人情义，真好啊，提刀见红的利落，细雨长流的缠绵，一点不刻意，全是无奈和绝望。通篇的相思，简直要哭了。

然而这恰是晋人法帖的大好，没有正襟危坐，不负责山河岁月，全是生老病死、喜怒哀乐。不经意间流露的是人的感情、温度、人间真意。连线条也朴素干净热烈。

后人写书法，越到后来越像是化了浓妆在表演，特别是明清书法家，演技雕琢。

现代书家，呵呵。好多堪称影帝。

每每觉得眼睛脏了，我便翻看晋人法帖，每一张有每一张的深情，也不见得章法怎么好，通篇看下来，就是大好。

王献之传世名作很多，《鸭头丸帖》《洛神赋十三行》《中秋帖》，我单单选了《奉对帖》，其实是选择了深情。在晋代至梁代的半个世纪，他的影响甚至超过了他的父亲王羲之。

梁朝画家袁昂在《古今书评》中说："张芝惊奇，钟繇特绝，逸少鼎能，献之冠世。"他用了"冠世"二字。唐代，王献之衰落，至宋，又被热捧，特别是米芾。我猜米芾喜欢王献之书法中那些病恹恹的气场。说到底，中国文人很多喜欢有些弱甚至带些病态的东西。

写《奉对帖》的时候，北风呜咽，也有此恨何深的悲情。索性捧了热茶在窗前站着，看窗外枯枝上风中的鸟巢，风华绝代地悬挂着。

孤独能与谁说呢，无非自己一点点地担着，看着夕阳一点点侵略过来，屋里的云竹蓬莱松正绿着。也铺开宣纸，草草写几个字，如果遇见那年的王献之，就是他《鸭头丸帖》中的一句"当与君相见"。

我一定看看他还瘸不瘸，问问他还疼不疼。

衰老帖

盛夏，读孙犁《书衣文录》，又读晚年王羲之《衰老帖》。

一股子又老又腐朽又心酸的味道，几乎全是暮气。

这暮气是有重量的，有体积的，密度大极了，又老又硬。倘若在雨天读，怕是会哭出声音来。《书衣文录》和《衰老帖》哽咽的气息，是人至暮年的无奈。

这是王羲之晚年的《衰老帖》。

老了，多病，没有一天好日子，吃不下去东西……全身都不舒服，一切坏透了，坏透了。没有一丝光亮的《衰老帖》，又老有病，对人世间的欣欣向荣没有任何兴趣。

重孙结婚，孙新娘子喜气洋洋四处敬酒。祖母隔着玻璃看着这一切，没有任何表情——她渐渐接近着死亡，那些鲜活的，向上的东西对她没有丝毫的吸引力，她连看一眼都觉得多余。

王羲之的一生在战乱，回忆，祭奠，迁坟，病痛，喜悦……中度过。在《全

『吾顷无一日佳，衰老之弊日至，夏不得有所啖，而犹有劳务，甚劣劣。』

晋文》中王羲之的杂帖真感人啊，全是生活中的柴米油盐和细水长流，但这恰恰是王羲之最动人之处。哪有那么多山高水远，人生多的是《快雪时晴帖》和《丧乱帖》《何如帖》《衰老帖》。

人生最难熬的大抵就是死，还没觉得少年听雨就到了中年，中年也嗖一下就到了，鬓已星星矣。

晚年张爱玲再也不是那个不可一世的才女，当年奇装异服和妖娆文字轰动上海滩时才23岁。彼时年过古稀，瘦骨嶙峋，每天去看病，坐半天的车，再等两个小时……这是她晚年的日常，屋里没有烟火气，只有纸袋子，一口气活着，不管明天——她年轻梳爱司头，穿祖母衣服招摇，带明黄眼镜，玉蓝色裙子，那样倾国倾城。

晚年离群索居，没钱，多病，瘦弱。

她的《衰老帖》让人唏嘘，仿佛游丝线，不知何时会撕掉。

晚年的孙犁，不被重视，蛰伏天津。偶尔写在书皮上，后来成了《书衣文录》。不到中年，怎么能解读孙犁呢？那么好的老人，固执而倔强，那么朴实的文字，文章中少有的葆有自己独立人格和美好品质的文人。

且录几段，悲欣共享。

"昨夜梦见有人登报，关心我和我之工作，感动痛哭，乃醒，眼泪立干。""人之一生，欢乐痛苦，随身逝而消息全亡。虽父母妻子，亦只能讲述其断片。""被迫迁居以来，儿媳掌家，对寒舍惜书传统，略无所知。大院又有变动，亟欲搬家，一时又做不到。老年搬家，并非佳事，弄不好，会促进死亡。但势必有此一着，冷静淡然处之。"

不一而足，字字生疼。书已快翻烂，每读，心口疼痛。

老而病的孙犁先生，是王羲之笔下的"甚劣劣"。

网上有张老人照片，看到后很心酸。老人72岁举着个牌子……想找个

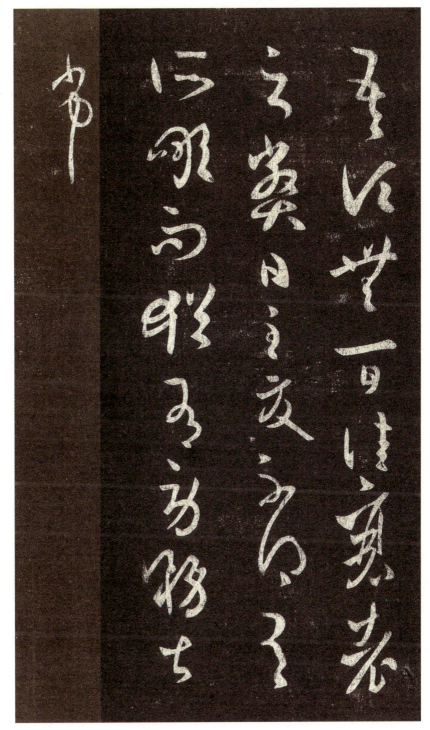

→晋·王羲之《衰老帖》入刻《淳化阁帖》

伴儿，无论男女。老伴死了，女儿也死了……一个人，连空气都是凌厉的。年轻的时候，一个人待着是有格调，是有态度的，写几句话，是天马行空——即使吃了上顿没下顿，仍然充满勃勃生机，怕什么呢？20多岁，有的是大把光阴可以浪费掉。

老了就来不及了。病，老，疼痛……每日要吃几次药，生命零件一个个在退休，退场。身边相熟的朋友一个个告别着这个世界，怕被惊扰，怕乱，怕热气腾腾。

爷爷晚年，不喜孩子。他闭着眼睛，收音机永远开着，不知道他在想什么。孙子们叫他，他只挥下手，表明还在。

盛夏看《衰老帖》那"甚劣劣"三个字真凄凉，简直不耐烦，简直活腻了。看《古乐之美》写到瞎子阿炳。冰天雪地背着二胡出来拉，一身的病，天地苍茫，只有二胡相伴。他倒在风雪中，命苦琴弦。这样的天气看这样的文字，连手脚都凉起来。

上门收破烂的老人有80岁了。手都裂开，顶着一头白发。问她儿女呢？她说：各有各的难处，不麻烦他们，收了破烂能养活自己，一个月有五六百呢。她给我少算了斤两，我假装看不见，说不要钱，全给你。

少年是春天，一腔的情欲泛滥，那泛滥恰是春风少年。

中年是夏天和秋天，有生机也有灰败；是半生半熟的纸，画了丰子恺的画，携儿带女过日子。

晚年是冬天，只剩下枯枝，却要独自面对寒冷和冰雪——儿女再多，谁能代替你身体的疼痛？

所以，人生最好的梦大概是，做自己喜欢的事情，到老了无疾而终。就像我的祖父，晚饭还抽了一根烟，天亮就走了。在睡梦中离开了这个世界，还真是福报，一定是上世积来的。

壹

中年之后和朋友聊到生死，她说死了要把骨灰扔进大海或埋于山顶，我年轻的时候也这样想过，现在想，就老老实实的埋在土中，来于尘埃再归于尘埃。挺好。

看《衰老帖》看得一身暮气和凉意，窗外蝉在疯鸣，我煮了红枣羹，又包了茴香鸡蛋的饺子。《衰老帖》寒气、冷气、老气太重，得用温暖的东西压压它。

吃了饺子，又泡了壶老茶，糯米香的普洱熟茶，这才觉得时光有了一丝丝的暖意。

好在，离老还很远。

王羲之《衰老帖》

拓本，四行，二十六字。此帖收刻于《澄清堂帖》。

苦笋帖

"苦"字真婀娜啊。周作人的书房叫"苦雨斋"，后来又叫"苦茶庵"，人称他"苦雨翁"，苦味让他的文字有了雨和青苔的味道，周氏兄弟，我自然偏爱周作人。

"素"字亦好。

这个和尚叫"怀素"，静空灿烂的一个名字。古人真会叫名字啊。几乎都那么好，但怀素尤其好。

我们现在取名喜欢叫"建国""红丽""国庆"，怀素见了，大概是要笑话的。

唐代书法是个清瘦森严的气象，没有张旭和怀素会少了很多的意味。怀素是来破规矩的，破了规矩，却又有方圆。"笔锋杀尽中山兔"是李白表扬怀素《苦笋帖》的。李白到底是李白，就喜欢兵不血刃。

茶圣陆羽写过怀素的传记，大概怀素是吃茶的。更或者，二人惺惺相惜。

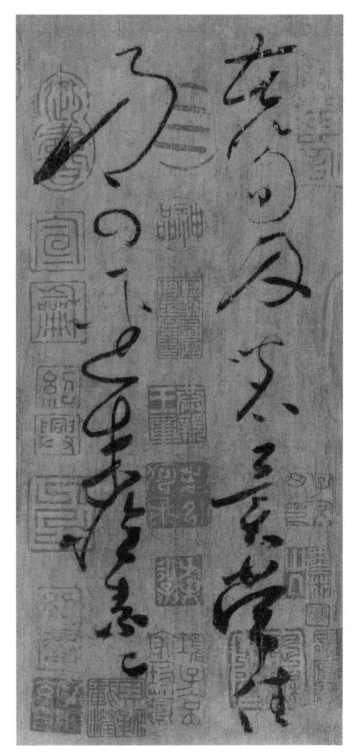

→唐·怀素《苦笋帖》·上海博物馆藏

有匪君子

据陆羽在《僧怀素传》中的描写，怀素是一位性情中人：

> "怀素疏放，不拘细行，万缘皆缪，心自得之。于是饮酒以养性，草书以畅志。时酒酣兴发，遇寺壁里墙，衣裳器皿，靡不书之。贫无纸可书，尝于故里种芭蕉万余株，以供挥洒。书不足，乃漆一盘书之，又漆一方板，书至再三，盘板皆穿。"

陆羽出身低微，父母双亡，被人送到寺庙里，他逃出来在戏班混，仍旧是下九流。茶搭救了他，他也成为茶的知己。陆羽也是一粒苦笋，他与怀素是当与君相见。

这几句，有魏晋风度，直截了当。"味道好的苦笋，你快送来吧。"十四字的小令，没有婉转，却有浩荡天真之气。

怀素写了一屋子宣纸。怀素没有宣纸就在芭蕉叶上写。怀素是寂寞又疯狂的僧人，怀素是京剧行当中的"裘派"，是茶中的"太平猴魁"，是世道人心中浩荡壮阔的一笔。

我自幼喜吃些苦味。年少便嗜吃苦瓜，家中人只我喜苦、辣，完全不似北方人。味蕾上的习惯延续至今。

我游走江湖，在每个城市逗留，都寻些苦味辣味解馋，对甜腻事物保持距离——我几乎从不去面包房蛋糕店。自己下厨，苦瓜炒辣椒是常炒的菜，又苦又辣，可下两大碗米饭。饭后一碗老普洱，存了几十年的熟普，散发糯米香，就着怀素《苦笋帖》，度过山河日月好光阴。日常便是不日常，惊天动地全在日常里。

如果是早春，如果是在南方，我必要吃油焖笋。

新笋，笋是春笋，还带着春天的嫩气。油要重要旺，重得漂着一层油。怎么形容那个香法呢？大概怀素是知道的。"春笋不但细嫩清脆，连样子也漂亮……"这是梁实秋写的春笋。

梁实秋、周作人、汪曾祺，他们真会吃啊，不知怀素会不会吃？我想他会。虽为僧人，他既食鱼又食肉，且大快朵颐。这一点像他的书法，一个人在俗世里跳舞，跳着跳着，就跳出了三界去。

一千多年过去了，他的字依然在纸上狂舞，而且姿态倾城，是与山河岁月对话的样子，是一个人在春江花月夜里独舞的样子。

怀 素 《 苦 笋 帖 》

绢本墨迹，两行十四字。书法俊健，墨彩如新，是怀素传世书迹中的精彩之笔。清吴其贞《书画记》评："书法秀健，结构舒畅，为素师超妙入神之书。"

花气薰人帖

黄庭坚真是不幸。既生瑜何生亮？和苏轼生在同一个时代，风头永远是人家的。他也真的臣服苏轼，给《寒食帖》写跋，小苏轼8岁的他，以学生自称。

"它日东坡或见此书，应笑我于无佛处称尊也。"意思很明显了，"他不在了，我就是第一了。"

黄山谷的"长枪大戟"很性情，笔下像有军工厂似的。

苏轼笑他的字好像死蛇挂在树上，他也不示弱，说苏轼的字像石压蛤蟆。宋朝就有这样的旷达和意境。文人之间，惺惺相惜。

但我最喜黄庭坚《花气薰人帖》，单凭这五个字足矣醉人矣。仿佛置身花香花海中。

杨丽萍曾在自家花园穿着白衣拍了一组照片。花海中坐卧，小鸟卧于膝上，我猛然想起黄庭坚《花气薰人帖》，再合适不过。

"薰"字用得陡峭，原本应该是"袭人"。贾宝玉将自己的丫鬟蕊珠改成袭人，这名字真危险啊。

宝玉自是读过陆游的诗："花气袭人知骤暖。"

有时，就是这样让人毫无办法，他一身的才气，随意一抖就是珠光玉笔，有这两句就足够了。无意间的两句，全是禅意，轻轻一拂，禅就破了。

这是宋人的高妙之处，全是有意，又全是无意，留下来的，尽得风流。

"心情其实过中年。"

也只有过了中年，心里才会抖那么一下。少年听雨哪如中年听雨？"薰"字用得再好，不如这一句"心情其实过中年"。一切尘埃落定了，黄庭坚后来也被流放了，晚年在南方度过。客死广西，与苏轼相似的命运。

只是在旧梦可依中，是否想到他们年轻时的放浪欢愉？在京城，西园的雅集，衣衫翩翩的苏轼、黄山谷、米芾、秦观……在颠沛流离中，在跌宕的光阴里，他是否还会想起那个"花气薰人欲破禅"的午后？想起驸马王诜差人送来的鲜花？也许会想起吧？然后有淡淡惆怅，也许根本就忘却了。一切的一切，都随风而去了。

我去西安碑林，看后院的师傅正在拓着黄庭坚的字。于是花了一百多买了一张，回家后就看着，看着看着，看出了花气来。

有匪君子

一　宋·黄庭坚《花气薰人帖》·台北故宫博物院藏

黄庭坚《花气薰人帖》

　　这件书迹无款印，原是附在元祐二年（1087）寄扬州友人王巩二诗之后，今已单独成一帖。原有识语：王晋卿（诜）数送诗来索和，老懒不喜作，此曹狡猾，又频送花来促诗，戏答。可知原诗是为王诜所作。用笔刚强挺健，墨色有浓润枯涩的变化，是一件难得的小品。

壹

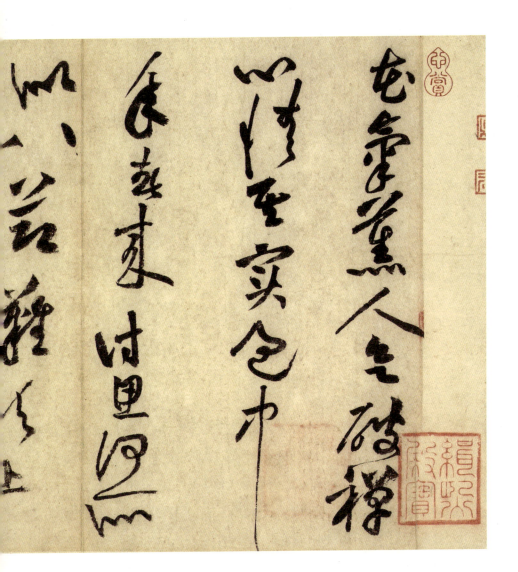

春风少年

我每每看米芾的字都想笑。

那字像是里面藏着一个穿奇装异服的男子在奔跑，也不管世人的眼光自顾自的跑，却跑出了晋人之味。看多了那些局促规范的字，看过那些小心翼翼和战战兢兢，回头看米芾，里面晃动着天性率真的流露——中国艺术的高级在于只可意会。线条之间也全是故事，在心神之间捉摸心意，在想不到的地方轻轻一跃——字里行间，也全是中国大哲学。

米芾真是活得肆意的人。我最感兴趣的是他的奇装异服。在程朱理学的宋朝，灵性要收敛着放开，衣服要穿得规矩。但米芾不。米芾宽袍大袖，袖中带风，且喜着白衣。想想他——宽宽的大白袍子，在春风中，在《西园雅集图》中，他是个让别人觉得十分各色的人。

他绝非主流。甚至，也许是主流所不耻的那种。因为愿意和别人不一样，"只有你知道，幽树开花更艳。"

他跑去拜石，和石头称兄道弟。一个人能和石头说话便能和天地说话，那不是一般的石头，以他的审美，那是一块块有灵性的石头。甚至，比人还灵性。能让米芾看上，也是石头的福气。

他又去抢宋徽宗的砚台——因为看上了。便说这砚台更适合我，得了砚如获至宝，顾不得墨汁洒满衣袍，抢了就跑。从此落下来"米癫"、"米痴"。

"癫"和"痴"是福气。一个人能"癫痴"是艺术眷顾他，米芾拥有这个资格。他像一个忘记周围的疯狂舞者，一跳千年，也没在意别人的感受。

米芾的母亲是宋神宗的奶妈，出身并不高贵。但米芾的字有贵气和逸气，因为有晋人之风。后人说学王羲之王献之最好的是米芾。米芾临过很多二王的帖子，二王的真迹到如今一张也未留世上。但我们能看到二王的神韵，米芾的字里当然有。那里面衣带飘飘，那里面风樯阵马，可听松，可观涛，可闻竹雨秋风起。米芾能让秋风起秋雨落，也能让风萧萧雨萧萧之后一片宁静，欧书的险绝、柳书的挑剔、颜书的雄姿、褚书的风情，米芾很聪明地化转在自己的笔下。

他相当机智。他还得意于自己的机智和狡黠。他这样论过草书：草书若不入晋人格，辄徒成下品。张颠俗子，变乱古法，惊诸凡夫，自有识者。怀素少加平淡，稍到天成，而时代压之，不能高古。

他越写越像他的性格了。苏东坡说他：风樯阵马，沉着痛快。黄庭坚评他：快剑斫阵，强弩射千里。他自称：刷字。在字里，他不愿服输，一直过分地努力着，丝毫不愿意示弱，逞强之气始终有之——他一定有不如意之处，或怕被别人瞧不起，所以在书法里强势起来。人如果在某些地方脆弱，或有不堪的情绪会尽力用别的方面来弥补。包括他的奇装异服——那张扬的背后，或许是一颗自卑的心。只有张狂，才能引人注意而矣。

米芾的字是不甘心的。像一个人，逞强一样俯视，有火气，想要显摆自

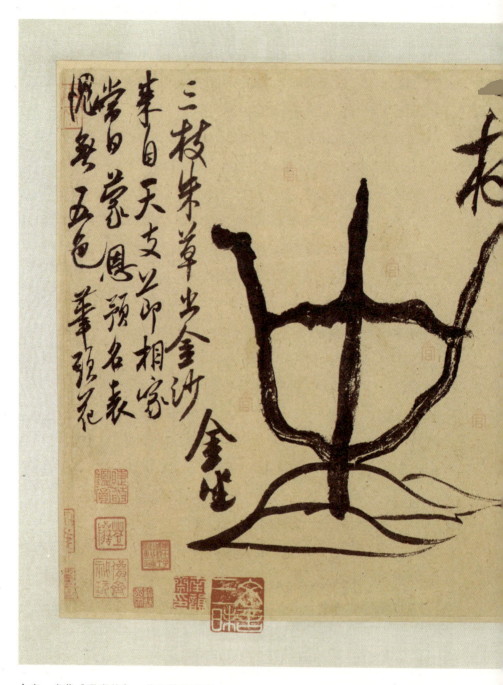

↑宋·米芾《珊瑚帖》·故宫博物院藏

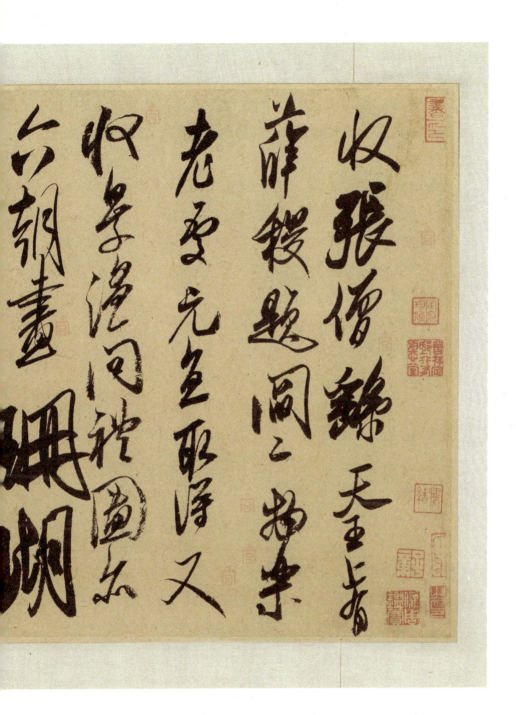

己的重要，那种自以为是，有很多说不出的可爱。米芾有野性的孩子气。

但看苏东坡的字，就想端杯茶来和他聊天，一边聊一边吃肉，或者嗑瓜子，或者陪他哭会儿。这是苏东坡的本事。宋四家他列第一，因为低调的高级和天然去雕饰。

但也喜欢看米芾放纵。不可久留的放纵，米芾这种人不适合久留，久留会吵架。适合一见钟情，迅速用完激情，然后，一拍而散。

否则会闹得天翻地覆——说到底，米芾是个自恋的男人，一个男人重视天天穿什么能不自恋？我不信。

放到宋朝，我绝不会爱上米芾——我嫌弃他奇装异服。我更喜欢表面上中规中矩骨子里不老实的人，比如苏东坡。

但我会和他成为朋友。每次朋友聚会有他会热闹。因为他懂收藏会收藏，且，会造假。

历史上的造假我只服两个人：米芾和张大千。倘若你想要一张古画，他们会虔诚地问你：您想要谁的画？总之，你想要谁的就有谁的，因为他们自己会画。以假乱真。甚至，比真的还真。黄宾虹买了石涛的画请张大千去看，张大千老实说：我画的。但造假第一人，非米芾莫属。他画得古画根本分不清真假，在当时也是一个奇才。

米芾贪婪啊。好东西一定要据为己有才能睡着。遇上心仪古书古画，极力购得。有一回和蔡京之子蔡攸在船上共观晋人王衍之字，看到动情处抱过来泪流满面想跳水。人家问他怎么了？他直言：我一生收藏晋帖，独缺此帖，我这么爱晋帖，它怎么能在别人家里，我还是抱着它同归于尽吧。真是又疯又癫又贪婪。想想自己也是一样，年轻时一味想要，好的东西要占为己有，但，千古一梦，有多少能留在身边，大多随风而散。更多的进了博物馆。短暂的陪伴和停留而矣。米芾骨子里是索取和占有的人，一生在占有。临终前，他宁肯烧掉那些收藏的晋帖也不愿流传后世。真自私啊这个男人：一生都像孩子一样任性，没有管住灵魂的野马。他不知千江有水千江月，万里无云万里天。

林散之说过一句话极好：艺术不是就事论事，而是探索人生。

书法里，也尽是人生真味——米芾一生活得很累，着急，他还没懂人生散淡，还未城南唱合，火气一直在，这有点可惜。

就是这样一个灵性逼人的人，留下了《蜀素帖》，慢慢让我们体味它的逼人之美，够了，还有多少呢？有《蜀素帖》，便留下茶墨香，让我们偶尔翻翻，照样惊心动魄，这"惊"就是他的魅力，他成了他自己的仙，我们还是凡人，仰望着他——我周围很多书家临米芾，他们说：他有让人仰视的地方。必须仰视方得真味。我想也许那里面是晋人之味吧。

手帖志其实一开始没有打算写米芾，建森先生说，米芾是不可或缺的，没有米芾，中国文化里便少了淡褐色的味道。那淡褐色，是普洱茶之味。

我到底写了米芾。因为米芾可爱、性情。

他看到人家吃糖，想尝那糖的甜，于是说：我要！我要！百分之九十的中国人不说，站在那里不动，即使一万分的想吃。

那个说"我要"的人可爱生动，因为，他宽大的白袖子里，装着一个春风少年。

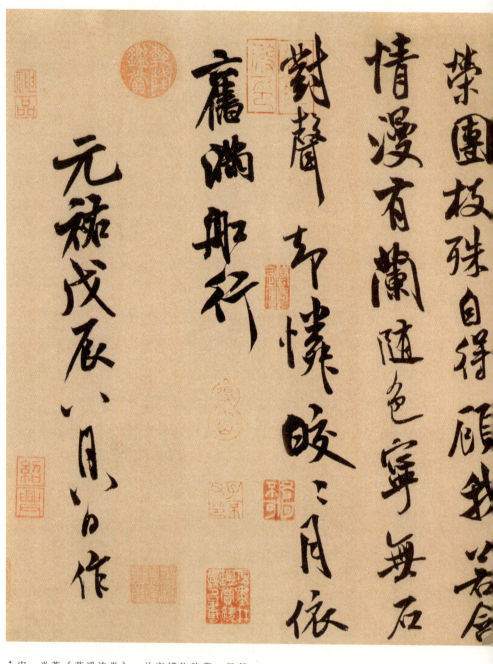

榮團枝殊自得顧我若

情漫有蘭隨色寧無石

對聲高懷曉二月依

麤滿船行

元祐戊辰八月八日作

↑宋·米芾《苕溪诗卷》·故宫博物院藏·局部

旅食緣交甚浮家蒿興
来勾留荊水話襟肉下
峯開過刻如尋戴遊梁
定賦枚漁歌堪畫盡又
有魯公階

凯风自南，
吹彼棘心。
睍睆黄鸟，
载好其音。

节选自《诗经·凯风》

凯风自南，

书法

　　书法的气质是男人的气质，这是它的属性，而且是那种凛凛风姿的好男人。

　　书法又是提笔就老的婴孩儿，一出生就老了，摧枯拉朽的老，立地成佛的老，没有办法的老。就像五千年中国文化，含着金钥匙而来，朴素得让人心疼，虽然老意十足，却又一脉天真。

　　古代文人个个是书法家。他们自小耳濡目染中国笔墨，在极慢的光阴里，一笔一画书写着中国情意。在漫长的书写里，他们抱缺守朴，华盖满京华，斯人独憔悴。

　　书写的过程，是和纸、笔、墨、砚精神缠绵的过程，每一笔下去，都是敬重与交代。亦有疼痛，亦有欢喜，亦有缠绵。浮躁的心渐渐收敛了，沉稳了，面前一杯茶冷了，窗外风雪更大了……

　　而书法家在一幅完美的书法面前不能自已——像面对失散千年

的恋人，心情竟然是久久不能平息。

书法更多的时候是男人的知己、情人、宗教……他的光阴、他的山水、他的风物、他的恩情，都与书法有关。落笔便憾，提笔便老。

而有些人，一出手便是尺度，是俯首，是永不可超越，这是上天所赐的禀赋与福报。王羲之《兰亭序》，多少后人临摹，永难企及。就连他自己，亦是不能。有时候，上苍若成就一件传世之作，必是天时地利人和，甚至每一分、每一秒。必须是阳春三月的那个刹那，必须是亲爱的兰亭。更必须是——王羲之。

那一幅《兰亭序》是陈年普洱，至少藏了千年了，都舍不得尝呀，看一眼都奢侈。亦是裴艳玲67岁时演的《夜奔》，那唱是杜鹃啼血，每一声都是尺度，是标杆，是老了之后的苍绿，到处是青山绿水，又到处是满目黄沙。

颜真卿是老松。凛然厚骨之外，是书法的气度和宝相庄严。我去西安交大美术馆，遇见临颜体的孙老师，她一个瘦弱的女子，下笔竟然雷霆万钧。《祭侄文稿》是血在泣泪在滚，没有性命之痛怎可临出那气息？所以《祭侄文稿》一出手就惊泣四座。那是河北梆子《窦娥冤》中的老调与高腔，也是窦娥那声声追问："天也，你错勘贤愚枉做天！"更是临刑前那一声"爹爹"，每个音符全是疼痛。

苏轼是一棵挺拔的法桐。他的书法多么俊朗，你怎么可以不喜欢呢？它们天生就具备了一切让你神魂颠倒的气息——由内而外的俊逸，激情与冷漠交缠，不甘与隐忍……他又是欢喜的，《啜茶帖》有份市井的平实。如果生在宋朝，就和苏轼做个邻居吧，如果有可能，就只做朝云或琴操，哪怕只爱上他几天亦是好的。

怀素、张旭的书法，是疯狂的玉兰吧，又妖又艳又张扬。草书有难得的收敛风骨，越是放肆的东西越是收敛。怀素《千字文》，怎么看全是一个僧人的内敛光芒。张旭的《肚痛帖》可爱极了，一个男人若撒娇了是让人心疼的，可怎么好？草书有魔气，若神赋予的灵气，草书多么像一场灵魂的舞蹈，跳得好便是艺术，跳不好便是民间跳大神。

瘦金体。只有赵佶写出来那么富贵逼人，别的书体可以尽人书写，只有瘦金体挑剔极了，如若它不喜欢你，如若你不应它的意，它会出尽你的丑。它是这样各色，一旦入了眼便是倾国倾城，一旦厌恶，便永世不能往来，而赵佶无疑与瘦金体是棋逢了对手，将遇了良才。那是千年一遇。

董其昌、赵孟頫，他们更像柳树。有时候，分不清风的方向。他们的字也像柳树，好看得让人销魂，每个小小的楷书都是前世的精灵。他们创下了要命的法度。就像有人画竹，你明明闻得到竹香竹青，下笔却是错错错。书法家刘朝晖说，有一次看到董其昌的小楷《金刚经》，心里"咯噔"一下。这"咯噔"一下便是致命的美与法度尊严。

2013 年夏天，我去炎黄艺术馆看《南北宗：回望董其昌》，我在董其昌的书法前不知所措了，一个人的书法怎么可以这样圆满？

虽然很多时候他被蒙上羞容，但这书、这字是端的好！一派平和与自足，那是中国文人的内心所求、所逐、所梦。那些字啊，明明带着天真与无邪，都老得不能再老了，端坐在黄花梨的太师椅上，一坐千年。那姿态，亦是限制，是后人眼中的渺与茫。

杨凝式是株玉兰吧。那么年轻那么饱满。"谁知洛阳杨风子（即杨疯子），下笔便到乌丝栏。"黄庭坚知道杨凝式有多好，太好的东西是说不出的。白燕升说，"真正的好伶人唱戏是看不出张力的，好衣服是不留痕迹的，是看不出来的。"

杨凝式的《韭花帖》是一件纯麻的好衣服，淡到无痕，但分明能闻见韭香。这春雨的早晨，这韭香，这飘逸呀。"乌丝栏"，多美的三个字。从 2013

年开始,我开始在乌丝栏中书写,追赶着古人的气息。有时我会放一些古琴曲,有时,静默得没有一丝声音。

书法原本是空旷的寂寥之美,是每个中国文人的生命修行。

那提笔的瞬间,有缺损、有节制、有完美、有步步紧逼、有步步为营。一旦炉火纯青,便是最完美的人生历练。

当你身无一物时,当你萧萧意落时,你提笔便是落花缤纷,便是风樯阵马。这是书法的深情厚谊。

深夜,翻看米芾的《蜀素帖》。这个奇装异服的男子。这个宽袍大袖的男子。他有多爱自己就有多爱书法。他待书法如日月山川一样的亲和好,他待岁月如珍珠。

也只有他,当友人拿来珍藏多年的蜀素,他提笔便写。这一写,删了繁就了简,这一写,全是放纵与克制的米芾,每个人的字都是他自己。米芾的内心是一个相当规矩的人呢,他用奇装异服来抗拒这个世界。多像张爱玲。她厌恶地拒绝着时间,却又成为时间的合伙人,于是奇装异服招摇过市。但张爱玲的内心,始终像烟花那么凉。

米芾是一棵野茶树,保持了茶本性的真与野气,这野气难得放在粗瓷碗里一口饮了,甘洌却又明媚,你怎么可以不爱上他呢?

春雨滴答的夜,一个人看《蜀素帖》,惊觉小半生已过,而对面那个懂你的人还没来。两杯茶,你饮尽一杯,再为《蜀素帖》喝一杯。这是人世的情意,有时候,你需要一个人清饮,冷暖自知,更与何人说?那蜀素因了时光有了消耗与磨损,美啊,美到蚀骨,美到惊心动魄,你只想任书法这样欺负你,实在不行,就为书法哭上一次吧。它们怎么可以美到让人落泪呢?

书法家刘京闻懂王铎草书,评:"似游龙戏凤,但偏要剑舞一般,有种逼仄的疼。"王铎书法有仙境。上天赋予他的灵气太多了,仿佛怎么用也用不完。而蔡京，字不似人，那么凛凛的字，怎么可以是蔡京写的？人有多少面？那才是人性，也是书法家之性，它只听从于内心的召唤。

书法之美，还在于日常。那些惊天动地的帖啊，却原来只是生活中的小便条——《干呕帖》（《如常帖》《昨还帖》）《快雪时晴帖》《中秋帖》《伯远帖》……他们也裹云沾雪，他们也绿窗幽照，他们也忽有斯人可想。

书法家纬东先生写下思念小女的诗，字字日常却让人心生丰厚、温暖，这便是书法更为人文深厚的情义。大美不言，危机四伏，书法的内心，在法度森严中寻找的是接引天地、清格自在、妙在法常。此中有深意，此中有真意。

书法说到底，是和血脉、体温、情绪紧紧捆在一起，是和日常绑在一起。

在书法里，不仅可以看到书法的纵横捭阖，更可以闻到花香袭人、鸟语春意，更可以见人心、人情，那中国文化的古意和情义，还有比书法更能体贴入微的吗？

书法是一枝清幽莲花，遍插每个中国文人的心中，几千年来，枝繁叶茂，虽日渐凋敝，但留下来的气息已是人世间千世万世的暖意了。

在镀了银边的日子里，偶尔翻看这些册页、书法，偶尔临几笔虞世南、欧阳修、褚遂良，偶然寻几页老碎帖细细端详，觉得日子是这样泛着细腻光泽的。有了这些旧物相依，日光竟然是可亲，可怀，可追忆。

旧丝绸里包裹着祖父与父亲的书法作品。虽非名人作品，但我视为珍宝，放在樟木箱子中，与我一起变老。我知道，在更多时候，书法是体贴，是温暖，是人间情意。

甲骨文

甲骨文，三个多么古意的字。

出现在中学课本上，读到时石破天惊——一片龟的腹甲，一根牛的骨头，或者一块鹿骨，密密麻麻刻上了那天地之初的文字。

多少年过去了，筋也腐了，肉也烂了，白骨嶙峋上，是一片文字。

它一直沉默地睡了数千年，直到一个夜晚。

那个叫王懿荣的人派自己的学生来买药材。

那是1899年的夜晚，那些甲骨文的阴魂争先恐后地挤了过来：快来救我，我们在这，我们在这！其实是呼喊着王懿荣。

有些事情注定命中相逢，它们一定在这里等待了王懿荣很多年。

在王懿荣之前，它只是一味中药，和各种药材一起，被熬成了药汤，然后百转柔肠，喂进了病人的肚子里。那些文字，也被喝进肚子里，病人或许以为，它们是用来招魂的鬼画符？渣子，随手倒掉，那些文字埋藏在泥土里，一千年，一万年。谁知道有过它们？

那带有巫气的甲骨文，一开始本是预言或占卜，一开始就是如结绳记事一般记录着雨水的降临，人的生死……

在美学的范畴中，它是多么朴素而安静，是多么清灵而哲学。巫气裹身。有人用"壮观宏伟"来形容早期甲骨文，用"拘谨"来形容二期和三期甲骨文，用"颓靡"来形容末期的甲骨文。

更喜欢末期的甲骨文。如果能用颓靡来形容，是多么有品味的事情。至少是满怀了忧伤，至少是有期有待的。

其实，更愿意它用来占卜用。

商朝初民，一定相信着来生转世，相信把一些誓言刻在骨头上能使人重生。

骨，是多么有灵性的东西，带着神经、血脉、支架，带着灵魂、往生、来世，带着吉凶祸福和未知。

曾经有一整副的牦牛头骨，挂在客厅里多少年。但有一日，友来说，"阴气太重，它并不死，是有魂灵的。"于是摘了去，红布裹了藏之。

相信不死、魂灵，相信那骨头有巫气。先人比我们更有灵气，一刀刀刻于骨上时，必知多少年之后惊魂于后人。

动物的骨，大块的骨，用毛笔蘸了朱红颜料，先写后刻——"刻"远比"写"要深刻得多。"写"总是浮于表面，"刻"才是一刀刀刻在了骨头上。它们想永久，也真的永久了。

喜欢那占卜的过程：刻好了卜辞的骨钻了细孔，放在火上烧烤。在烧烤的过程中，他们的心里是怎么样的忐忑？当然恐怖，当然不安。这是占卜的过程，中间会不断地出现裂纹，以裂纹的长短来断定事情的吉凶。

古人也如此相信命中注定——或许每次都如此灵验，所以，它们在一次次占卜的过程中相信了神灵，也在其中体味生命的未知和神秘。正因为神秘和不可知，正因为骨头散发出来的气息，让人神魂颠倒，意乱情迷。

没有一种文字比甲骨文更踏实也更幻灵，更狐媚也更诱人。一块骨头上，刻下了天地鸿蒙。一次又一次在死去动物的骨头上刻上祝告的文字。这些文字多么像招魂的幽物，于天地之间回荡缠绵，让人缱绻。

甚至那裂纹，都如此生动、可爱。

那经历了岁月风霜的骨，更加白骨皑皑……

你若爱我，就爱到骨子里吧。爱情中是这样说的誓词，爱到骨子里，才是真爱吗？

刻在骨上了，三个字，生死相随，也是骨头上的。

甲骨文记录爱情吗？不知道。只记得记录那些雨水苍茫，雨是天上流下来的水，一直下呀下呀。那些人围着火，在骨头上写着心情。用骨头预测明天打猎的结果。

那是怎样热烈而明媚的期待？一笔一画写的时候，一笔笔刻的时候，心里应该怎样的万古长风？

或许不是，或许只是一粥一饭的安宁，或许只是为了生存而为之。可经过光阴涤荡洗染，怎么就那么美到惊魂？

"甲骨"二字，就呈现出素色的光彩夺目。

经历过王国维、罗振玉、郭沫若的研究，商代甲骨的占卜辞有了那么鲜明的轮廓。那脉络是如此清晰明媚——古人的算卦、占卜都带着异样的唯美，那远古的结绳记事，那甲骨上热烈的期待，都呈现出了动人的光彩。即使隔了那么多年，依然动人心。

少年时不知它的好，年岁渐长，看着那些甲骨文——忽然觉得那样亲。以为自己是那远古的人，也一笔笔刻上去。

后来有了简有了竹，有了纸帛。但到底不如骨头来得亲。到底，它是来自血来自脉，一经与文字组合，便有了荡气回肠却又说不清的物质。那种物质和气息关乎神秘，关乎生命，关乎时间的经脉，关乎永远。

那甲骨文上的"夕"字，–是多么好看，"一轮新月初上升"——古人的审美意味让人震撼，再回首，才惊喜地发现，原来我们所寻所找、所觅的，居然和数千年的人如此靠近。那就是：亲切、朴素、自然、温润、刻骨铭心。

甲 骨 文

1899年的一天，金石学家王懿荣患病，让他的学生去抓药，煎药前，王懿荣打开中药包对着处方一味味查看，蓦然发现其中一块已经打碎的"龙骨"片有些花纹，他认为这是古代人有意刻画上去的，应当是一种文字符号即古篆文，问学生在什么地方抓的药，将这间药铺的所有"龙骨"全部买回，里边竟有许多骨头都带有文字。

后来，王懿荣又到处打听龙骨的来历，最终他得知是从河南安阳小屯村农民那里买入，而此处原是商代国都所在地。甲骨文从此开始被世人所重视。王懿荣是发现、收集和研究甲骨文第一人，国际上把他发现"龙骨"刻辞的1899年作为甲骨文研究的起始年。

篆书

天地有大美。中国文字是大美，篆书是中国文字华美之巅。

本是秦始皇统一之后使用的文字，远看像一张画，一张由曲线和弧度构成的画。近看，仍然是画。本是象形字，的确是像，那一笔笔就是照着那字本来的意思来描绘的。

看着那样古朴，却又那样烟雾缭绕。

它离我们有多远？

篆书，刻在甲骨上，也刻在青铜器上。那石鼓、毛公鼎上，全是这样的文字。书法的美历经岁月洗练，达到了无法述说的程度。

而篆书多么华美，像可远观不能近爱的女子，着装太过华丽，密不透风的华丽。像提香的画，华美到让人以为只能看看而已——离烟火生活太远。

太美的东西，总是与我们隔着千年万代的距离。

岁月劫毁，它却不肯消失。

李斯撰写的《峄山碑》《泰山石刻》，当年为秦始皇封禅之用。

两千年风雨雷电，斑驳之间，却露出当年的浩荡与华美极致的端倪。

中国有两个朝代因为太浩大，所以想起时颇有敬意。一是秦朝，二是唐朝。它们短促而盛大，虽然转瞬就逝，仍然留下不可复制的文明。

篆书，以它自己的形式为秦朝留下严谨的书风。

它绝不务实，只负责华美展现。它是用来装饰的，用线条来表现完美的。——离现实太远的东西，总让人有隆重的隔膜感。

它烟丝熏染，与人间烟火并不相连。人间的烟火，得有烟有火有热气，但篆书在那里端坐着，不肯屈就。那曲丝的婉转，是用心的描绘，与庄重有关，与大美有关。

唐代有书生李阳冰，常常以圆转线条写出他著名的篆书。

那篆书仿佛生来就是担任着示美的义务，没有一笔不华丽，没有一笔不连绵——是穿了华丽绸缎的女子，不敢轻举妄动。是唐朝那盛大而不可近视的美，是看一眼就让人乱了方寸的图画。

太华美的东西易消逝。失去实用价值的文字很快就被隶书所代替。它留在了书写里，留在了很多正规严肃的场合里，用来展示它动人之姿的空间里。

有时在灯下细细看那些篆书，觉得像看一场场戏，像看一个个人在演出。

> 李斯《峄山碑》
>
> 「皇帝立国，维初在昔，嗣世称王。讨伐乱逆，威动四极，武义直方。戎臣奉诏，经时不久，灭六暴强。廿有六年，上荐高号，孝道显明。既献泰成，乃降专惠，亲巡远方。登于峄山，群臣从者，咸思攸长。追念乱世，分土建邦，以开争理。功战日作，流血于野，自泰古始。世无万数，陀及五帝，莫能禁止。廼今皇帝，壹家天下，兵不复起。灾害灭除，黔首康定，利泽长久。群臣诵略，刻此乐石，以箸经纪。」

没有比篆书更像图画的文字了——你不明白吗？那么，好，我画给你看。与其说是在写字，毋宁说是在画画。——也许本来就是为了装饰，粗细基本均匀，布局秀丽。如果是山，它是黄山。如果是花朵，它是牡丹。如果是用画风来形容，它是宫廷画。

贵气十足的篆书，不会流落到民间。——千年之后，泰山石刻仅有十字，依旧如此壮丽、珊然。

多年之后看人习篆书，知道他喜欢的或许就是它的华丽——有时候，造作一点没有什么不好。篆书有一种故意的玄虚。它还不够谦逊，不够低调。高昂着头叫：我美，我华丽。

像玉。明明是那样美，却又夹缠着一丝绿，更要命了。但太好的玉，女人舍不得戴——一双手要洗手做羹汤，要摘菜，要炖肉、拖地、洗衣……一不小心，玉掉下来，万劫不复。

太不实用。一个字，要低头怎样描画才能写了它的风情万种？而且总以为，它只要用心就能写好，不像行书、草书、楷书，除了功夫、用心，更多的是要有灵性。

书法之美比绘画更直接，更生动。一眼看上去，有了就有了，没有就永远没有。

篆书，一眼看上去就离烟火很远。离真实很远。是与我们隔了云端——但并不妨碍我们惊心动魄地喜欢它。

想象远在千年之前，那古人如何写了刻在石上，一刀刀下去，把光阴里的念想全刻了上去——你会忘记我吗？你会吗？

写篆书的人，得有一颗平淡而湿润的心。王羲之后来有如此美的行书，是有篆书和隶书做底子——由繁到简，像生活，像人生。没有那跌宕起伏，哪有行云流水的行书《兰亭序》？没有卫夫人告诉他，一个点就必须写成"高

李斯《峄山碑》

峄山，位于今山东省邹城市东南。《史记·秦始皇本纪》载"始皇二十八年东行郡县，上邹峄山。立石，与鲁诸儒生议刻石、颂秦德、议封禅，望祭山川之事"，遂有此碑。《峄山刻石》是小篆的代表作，呈竖长方形，四面刻字，碑高1.9米，宽0.48米。正面、左侧面刊刻颂扬秦始皇功绩文字，背面刻秦二世诏书。原石已被毁，但留下了碑文。

皇帝立國，維初在昔，嗣世稱王。討伐亂逆，威動四極，武義直方。戎臣奉詔，經時不久，滅六暴強。廿有六年，上薦高號，孝道顯明。既獻泰成，乃降專惠，親巡遠方。登于繹山，群臣從者，咸思攸長。追念亂世，分土建邦，以開爭理。功戰日作，流血於野，自泰古始。世無萬數，陀及五帝，莫能禁止。廼今皇帝，壹家天下，兵不復起。災害滅除，黔首康定，利澤長久。群臣誦略，刻此樂石，以著經紀。

皇帝曰：金石刻盡始皇帝所為也，今襲號而金石刻辭不稱始皇帝，其於久遠也，如後嗣為之者，不稱成功盛德。丞相臣斯、臣去疾、御史大夫臣德昧死言：臣請具刻詔書金石，因明白矣。臣昧死請。制曰：可。

丞相李斯書繹山碑跡摹古茲世罕故張文潛酷嗜之，嘗五十年時無其比。晚學摹繹，雖竊慕徐門粗堅金石之習，遂於旬日決恨根于撫書，雅君子見先生之跡歸淳化四年八月十五日承奉郎守太常博士陳王陵藏本於西安故都國子學廟雅君子見先生之拓歸淳鄭文寶記峰坠石"之态，哪有《何如帖》？

父亲老了开始研习书法，是从篆书入手。开始完全是一笔笔地画，到后来有了意味——什么事情，一旦有了意味，就进入了境界。他铺开给我看新写的书，我说："书法中，篆书是技术含量最高的一种，因为它还拘泥于形式，还有套路，还端着架子，不肯低下头来，去拾一朵槐花，闻它的香。"

朋友在廊坊弄了一个京剧票房鹤鸣剧社，里面有一副对联，用篆书写就。"琴鸣瑟和虚实无界评章古今逸事，舞曼歌谐真假有垠绎演空色幽情。"

大气，古意，端丽……可惜很多人不认识上面的字，总是问一肚子中国古典文化的赵老师：那上面写的是什么？

篆书离我们有多远呢？

它宛在云端，看着我们，轻视地笑着——那是只属于秦朝的字，用最隆重的态度，来隆重地对待那个盛大的朝代。

隶　书

书写终于到了隶书。甲骨文、金文、石鼓文，用刀刻在甲骨、石碑上，或者，铸在贵重的青铜器上，里耶秦简上的隶文字样，是毛笔在竹简上的飞舞。

相当长的时间里，我保持着对隶书的警惕。这种警惕来自于内心——可以说，很多年里，我认为隶书太规矩、拘谨，像一个小家子气的男人，没有气吞山河的气势，也没有家长里短情怀。格局不大，笔画之间俱是缩手缩脚的"惧怕"，总是那么谨小慎微，总怕惊扰了谁似的。亦见过几个写隶书的书家。字和人都保持着无比慎重的小心翼翼。隶书，总让我无法动容。它没有行书的狂野放荡，也没有楷书的端丽。那么一笔一画的书写，像画字。这是我起初对隶书的印象。不说不喜欢，至少，未在我的审美范围内。

直至我看到竹简、木牍、汉简、敦煌木简。几近震撼。我还敢说我不喜欢隶书吗？那么粗粝、朴拙，又那么质朴，像鸟儿在飞，像野兽在啸，像孤独的人在山河的月光下，一个人走啊走……

我在那些两千年前的汉简前，像一个孩童，几近无语。只想找一个懂的人拉他来看……你看，你看呢！

仿佛没有拘束的竹林七贤，想歌就歌了，脱了那袍子在竹林里弹琴。隶书，摆脱了石刻翻版的刀工限制，以墨迹的形式书写在竹简上——也没有想到要永垂书史，也不设计那书法的未来，只是为了记事与简单书写，想怎样就怎样。水波跌宕，檐牙高啄，燕子飞过水面，只轻轻一跃，便是无限惊喜。哦，甚至更惊喜。书写，原本不是为了炫耀，只是为了生活上的记录，它在无意间创造了美学。书法，也绝非技巧，更多的时候，它是个人生活美学的陶醉与人生格局的体现。

在写这篇《隶书》时，我一直放着洞箫，《阳关三叠》《苏武牧羊》《春江花月夜》《胡笳十八拍》……书法与这些孤独的曲子多么合拍，刻骨的孤独加上蚀骨的销魂，烟丝缭绕。试图走近，看清，却是枉然。在绝美的事物面前只能感觉到无力、无奈，甚至绝望。

有很多时间我在看那些汉简。朴素本真之美直击人心，隶书原本为了"速记"，篆书太慢了，太不方便了，那地位低卑的"徒隶"每天要处理太多的简牍，那时秦始皇每天要看六百斤简牍，据说常常累得翻不动简牍。"徒隶"们没有想到，久而久之，他们的书写由篆入隶，那破圆为方的隶书，竟然确立了汉字的垂直线条元素，这一次定型，就是两千年。

隶书，那只为书写方便脱颖而出的一种书法形式，保留了最原始的美和对书写的尊重，书写，也原本是脚踏实地地务实、记录、表述……隶书，更务实地完成了一次华丽转身。这一转身，奠定了线条，也无意之间，留下了那么夯实的基础。隶书的开始，多么像一个讷言、粗朴的老实男人，从不张扬，笃定地干了一辈子，从不抱怨，亦没有谄媚之态。他暗自飘逸，在蚕头燕尾间收敛了锋芒，但仔细看，处处尽是锋芒。曾三次去西安碑林，那里有东汉的曹全碑，很多人挤在颜真卿和张旭的碑前拍照、研究。我在曹全碑前发呆。

隶书三百年，至东汉为盛。它逐渐完美，为楷书、行书、草书铺垫了壮丽踏实的一条路。隶书至东汉，终于有了自己的模自己的样。有人说《礼器碑》"瘦劲如铁"，《乙瑛碑》"方正沉厚"，《史晨碑》"肃括宏深"，而《曹全碑》"秀美飞动"。这四大隶书碑帖各出一奇，康有为曾说：胆怯者不能写，力弱者不能写。

隶书，多像余派。人书俱老中保持着一脉天真。有时听余叔岩如同看汉简，听着听着心就荒凉起来，剩了一炉雪，一把沙了。书法，写来写去是写自己呀，自己的禀赋、孤寂、禅院听雪……那些书写过程中的飞雪、坠石、鸾舞、蛇惊，那些红如胭脂、泥污燕雪、西月萧瑟，那些纵横不甘、江山数峰青，那些大野、大阔，那些端丽、清气……够了，够了！而隶书，"波磔之美"多么符合中国文化的古意。故宫、奈良法隆寺、台北故宫博物院……那些飞檐多么像天地间的书写。书法的美学意义与建筑交映成辉。隶书中的波磔，在唐楷里渐行渐远渐无声了，但建筑里的飞檐留下了它们，那份被逼出的雄健崛傲呀，硬生生让人无法动弹。

一根线条可以美成什么样？飞张的屋宇，多像一只鸟儿在飞，那呼与应，恰恰是隶书的曲折之美。

《诗经》里有"作庙翼翼"，这些庙堂暗合了隶书的低调，又暗合了它的飞扬。它一再把水平的屋檐拉长，再拉长，在尾部微微翘起，多像一个少女扬起她修长的颈……美得那么涤荡、阔气、疏朗。绝没有小家子气——有了格局的事与物，都那样波澜壮阔，但又保持着细节的谨慎与美妙。

爷爷与父亲都习书法。父亲偶尔写隶书，录了《与朱元思书》给我，一笔一画间全是人间真意。父亲说："别以为写隶书简单，最简单的事物最复杂，隶书最难写了……"

写字时便思忖，少年时喜狂草，如迷恋那奇装异服、弹吉他吹口哨的少年。

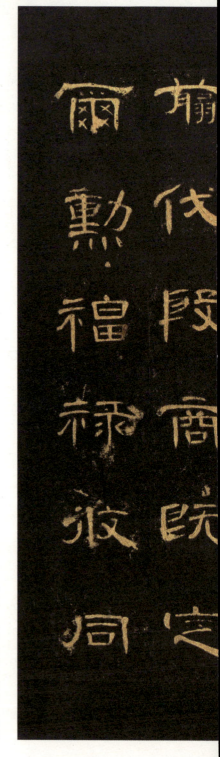

→汉·《曹全碑》拓本·局部

君諱全字景完
敦煌效穀人也
其先蓋周之胄
太王東乾之樊

青春时喜行书，似欢喜那翩翩白衣的人儿，玉树临风站在法桐下，足以倾心。人至中年，倾心楷书、隶书，最晚才喜欢隶书，像有一个老实诚恳的人，其实一直在身边温暖你，滋养你，但你不自知，猛然间回头，半生已过，他还在这，敦厚、朴素、低调，以最日常的态度一直在左右。它是隶书，以最不引人的姿态存在着。繁华过尽，灯火阑珊处——原来你在这里么？又惊又喜了。

暮秋。一个人去美术馆看书法展。在一幅隶书的斗方前驻足。那一笔一画间全是情义，仿佛见了春蚕在涌动，又仿佛听到飒飒之声。正逢窗外秋风秋雨，这一首"霜叶红于二月花"又老道又纯真。我早年不喜欢的隶书，在心中荡气回肠了，屈指一算，小半生已过。

事情往往如此吧——你年少时不喜欢的人或事，在很多年之后，阅尽沧桑、过了千帆，猛一回头，会发现原来心中是多么喜欢它们。你的气息、气场，越来越靠近了它们。

隶书以它的低调谦卑，更以它的从容跌宕，抑或，那看似不动声色的铿锵，以崩浪雷崩之势，没有早一步，没有晚一步，在最恰好的时光里与我重逢，似久别，又似刚得初心，我捧在手里，记在心里，虽是翩翩逐晚风，但仍然那么美，那么好。

隶 书

隶书，有秦隶，汉隶。一般认为由篆书发展而来，字形多呈宽扁，横长竖短，在东汉时期达到顶峰，上承篆书传统，下启魏晋南北朝之风，对后世书法的发展影响重大。

楷书

我终于写到楷书了。

我用了"终于"这个词,有点江山收了的意味。白茫茫大地真干净了,我才写到楷书。也像人到中年,客途听雨,满怀愁肠,少年嫩绿没有,一把辛酸无人说,猛一回头,看到临摹的一篇楷书,下笔便到乌丝栏,面上不动声色,内心波涛翻滚。

"少年听雨歌楼上",俱是新新意。祖父让父亲临欧体、柳体、褚体……父亲说:"厌烦极了。"但父亲把临摹的柳公权《玄秘塔碑》赠给我,那笔墨之间全是柳公权,可他说:并未怎么练过。作品是悟出来不是写出来的,上天赠予的禀赋占到七成甚至更多,这一切皆是上天美意。就像我那么喜欢楷书——方方正正的中国字,一撇一捺全是人间真意。

如果是少年,会喜欢行书、草书、篆书、行草……那多辽阔多帅气多跌宕,形式多变,不拘泥。而楷书,容不得半点虚幻,每一笔都要你交代得一清二楚,九宫格是有形的尺度，心中是无形的尺度，像穿了尺寸正好的衣服，规矩地端坐在挂着"正大光明"的牌匾下，楷书，在早年有被人讨厌的一本正经。

颜真卿说一切从楷书始。那唱了一辈子武戏的盖叫天亦说，要唱戏，先练好基本功，而基本功就是书法中的楷书。

楷书，多么似一个端丽的中年男子——他看起来永远不动声色，不苟言笑，白衬衣学生蓝的裤子。如果在古代，就是一袭长衫的男子，一个人，吹笙、饮茶听落花，仿佛连爱情都是多余的。他用生活修心——外圆内方，和中国哲学相辅相成。如果你的心还浮躁还喧嚣，你一定嫌楷书太正统太拘泥太形式，太一是一、二是二了，怎么可以这样端丽得一本正经呢？甚至生出了反感，太有规矩的事物总让人想逃。

人到中年，重新写楷书。一笔下去，简直要泪落如雨了。每一笔全是不甘呀，那看似老实的一横一竖，那看似方圆正统的楷书，实在退出了自有的锋芒——它所有的诱人之处恰恰在于以退为进，恰恰在于低调、隐忍，恰恰在于不虚张声势。

写好楷书的人，心必是静笃的——山川俱美，凌厉之势收了，一撇一捺全是日常。楷书是家常中常煲的小米粥，是没有放味精、鸡精炖的高汤，是泉州城老把式瓦罐24小时煲出的汤，不事张扬，却在相处久了之后让人一生念念不忘，紧要之处，动容涕下。

看过朋友写文章，第一句就惊住——我已是，中年后……他素衣灯下临楷书，笑言已有佛意，说起启功老人的字，他说："没有一颗禅心，怎么会有那样如沐春风的字？"

也开始写书法。先临柳公权，笔锋硬气，像有利剑；又临欧阳修，如此苗条，间架结构，疏朗俊逸，太俊了，倒不真实；再临颜真卿，力透纸骨的飒飒风骨，背后有凛凛凉气，金戈铁马之声亦凛凛结束；又临褚遂良，暗合我的审美意味，不张扬却又张扬，朴素之间又自有妖娆……一切从楷书开始，一切又回到楷书。这中间的千山万水，便是人生的来来去去吧。

　　日子是楷书的，容不得乱写乱画。年轻时大概是草书，更甚是狂草，但中年后是楷书，看似法度严密，实则有张有弛了，楷书是枕边人身上衣，不动声色地相处，面无表情地相爱，可是，山高水远里，全是人间真意。

楷书

　　楷书也被称为正楷、真书、正书。由隶书逐渐演变而来，更趋简化，横平竖直。形体方正，笔画平直，可作楷模，故名楷书。始于汉末，通行至现代。

狂草

　　狂草重若崩云，轻如蝉翼，它的动和它的静都有速度之美。动则如脱兔，静则如处子。

　　书法里，狂草最奔放最肆意最不顾一切，甚至，不考虑别人的感受，甚至，也不考虑自己的感受。

　　如若不是真习练书法的人，初看狂草不过是鬼画符，是民间招魂的道具，在三更，烧了给吓掉魂灵的人招魂。

　　非真性情的人亦难写狂草。

　　别的书体，只要耐下心来，终可以写得。比如正楷，比如隶书。盖叫天先生曾说："所有的书体皆从楷书而来，唱戏也是如此，不练好基本功，唱什么亦不行。"

　　草书需要人的三分性灵，三分狂气，三分鬼气。草书还要黑极白极，浓淡分明。

　　这分明是跳舞，是弗拉门戈舞最后的微笑，最险象环生之后的直抵人心。是明心见性，是遇强则强，遇弱则弱，遇到金锁有钥匙，遇到妖精有法术。

　　草书是针，是奔雷，是坠石，是雷霆万钧，又是怪兽午夜的眼，是春蛇的第一次扭动。也是那绝岸上的映山红，风中一笑，百媚全生。

　　重若崩云，轻如蝉翼，它的动和它的静都有速度之美。动则如脱兔，静则如处子。那黑白之间，留白之处，亦有青蛇乱游，你不看则矣，一看则怕。

杜甫当年看公孙大娘舞剑，想到张旭狂草，在《饮中八仙歌》中写到张旭醉后样子：张旭三杯草圣传，脱帽露顶王公前，挥毫落纸如云烟。而在《新唐书·艺文志》中，对张旭的描写更是可爱："嗜酒，每大醉，呼叫狂走，乃下笔，或以头濡墨而书。既醒，自视以为神，不可复得也。"

自视以为神？那当然是。不自为神，怎能写狂草？怀素也狂，"颠张狂素"，"颠"与"狂"，就是草书的本性——绝不均码，绝不以大众状态出现，绝不四平八稳。甚至，最反感最恶心的就是四平八稳！

张旭《肚痛帖》最让人喜——那纠结在肚中的痛，表现在书法上是线条的涩滑与尖锐，亦可以看到无奈和砂滑之气，沉滞，疙瘩……流动得那样决绝，却又那样宣泄，明明看到雷雨交加，却自有一种宁静达练。淋漓迸溅。是京剧的垛板，一字一句，咬碎钢牙。

轻薄的纸绢上，留下这样的狂舞。平正与险绝共存，落霞与孤鹜齐飞。

某名人写怀素狂草，看他的气概，也只能写狂草。别的书体与他有着隔膜，只有狂草，仿佛等待多年的棉袄，贴心贴肺，那样伏贴、周到。

狂草，看似没有法度，实则最有法度。满城的风雨压来，安静如处子吗？当然。依然微笑，甚至不动声色，心里却气象万千波涛滚滚，落在笔下，只能是狂草。

那不拘一格的狂人，那嗜酒之人，那稍微贪婪地过每一天每一分每一秒的人，都会喜欢狂草。

有人练狂草，口吐狂言："见了漂亮女子不喜欢的男人，不可习狂草。"众人呆之，他低头吃之，酒之，笑之。

写得一手好狂草的人，都自视清高，字品即人品，踏实稳妥的人写不了狂草，一笔一画写楷书或篆书最好。法度严格的人一定习欧体，那《九成宫醴泉铭》也的确庄严。欧体是庭院中种的法桐或银杏，狂草则是坟地边长的不知名野树，管你风雨雷电，独守孤独与狂寂，笑也长歌，悲也长歌。

每次书写都这样放肆。狂草最不会做作，也拒绝平淡和平庸。它宁愿被别人议论纷纷，宁愿被别人误读，宁愿他们看不懂，读不懂，甚至污辱，甚至践踏，它仍然这样狂气。如学会低调，那绝非狂草。

这样的悲剧美只有狂草有，是暗夜里开出的红色罂粟，一吐小蛇，可见黑色的花，美而荡，呻吟着，引诱着。不由你又心悸来又心动。

笔意清脱，黑白亮烈。每一笔游走都是神龙见首不见尾。每一声叹息都缭绕疏阔。峭峰上雪梅，寒崖上孤鸦。真喜欢狂草的人，其实内心都傲岸孤绝。你别找知音了，你别找了。

"人人欲问此中妙，怀素自言初不知。"怀素的《苦笋帖》看了之后，常常想，人生也许就是这样一根苦笋吧，趁着姿性颠倒之时，就把自己今生的轮廓勾画出来吧！有什么呀，一杯茶的工夫，人生就过去了。狂就狂吧，草就草吧，像风一样狂，像草一样草——人生，潦草比精致更有意味，更苍茫，更接近那狂草的本质。

我就是这样一意孤而行之，我就是这样烈烈其气，笑为花开，花因笑发。

狂 草

属于草书最放纵的一种，笔势相连而圆转，字形狂放多变，在今草的基础上将点画连绵书写，形成"一笔书"，在章法上与今草一脉相承。

魏碑

　　我对写魏碑有恐惧，仿佛见一个孤独的剑客在山顶舞剑，可是，近不得身。魏碑带着寒气、暮气、孤气，是一个与世隔绝的男子，在冷墓中修炼了几百年，一转身，寒气凛凛。可是，说不出的让人心动心跳。

　　魏碑是千山鸟飞绝，万径人踪灭。大雪之后，群鸟飞过孤山，那雪化了，露出参差斑驳的山，黑白之间，除了峭拔，就是孤独，就是化骨绵掌。

　　雄浑大气的《郑文公碑》、拙朴奇趣的《中岳嵩高灵庙碑》、用笔高古的《华岳庙碑》、质朴圆润的《石门铭》、灵动妖媚又婉转的《张黑女墓志》（这名字真好）、厚重朴素的《太觉造像》、饱满雄美的《始平公造像记》、端庄跌宕的《元怀墓志》……

　　魏碑吓住了我。因为气势，因为磅礴的简单、端正的大方、峻荡的奇伟……他像我暗恋的男子，在冷峻之中带着不可亲不可近的距离，可是，我喜欢。

　　可惜，我是最晚才喜欢魏碑的——历经了千帆，看尽了华美，过了最简单的心动和早期的茫然审美，一转身到中年，魏碑是我的中年：极意的简约，雄浑天成，骨骼的清奇，不落俗套。不到中年，我怎会知道魏碑的好和大美？它绝不以简单的媚态悦人，它如孤独舞者长戟修矛，盘马自喜，每一粒，都不是华美的珍珠，而是坚硬的钻石，闪着烫人的硬度。

　　我被一种坚硬古朴的美袭击。在动弹不得时，看见魏碑的沉着冷静、筋血毕露，看见它笔锋如剑锋，在酣纵逸宕中如绣针飞舞，在绵密之间铿锵开花，奇姿诡态中，衍生出骨力峻拔的姿态，这些之后，是江上数峰青，是一个人剑眉星目，在群山之间独醉独醒。

魏晋书法都有药气和青铜气。唐代书法是酒气醉气，张扬着那个朝代的豪放，宋书法以意入笔，全是茶气。古琴素手间，有中国文人稍显病态的审美。

魏碑有"元气"。这个"元气"，是天地给的，是魏晋时期的天真烂漫，是仰天大笑出门去，是桀骜不驯，是不拘一格之中剑拔弩张。那份凛凛，带着天地人的散意和光阴的恩赐。

靓烈的静默，浓艳的侘寂。这是魏碑。

丁酉夏天，我到大同。在这个古代叫"平城"的都城，我遇到古人北魏孝文帝。在云冈石窟中屏住呼吸，在气壮山河间，闻到北风呼啸而来，看到魏碑以具体的面目款款走来。

1500 年前，他建都平城。这个建立了北魏帝国的鲜卑族人无比迷恋汉文化，喜读诗书好笔墨。在他的时代，石碑、墓志铭、摩崖、造像记，那些无名氏以书法的形式记录着朝代的纪事。

东晋以后，南北分裂，书法亦分为南北两派。北派古拙劲正，是汉隶造型，南派疏放妍姿，温文尔雅，魏碑上承汉隶下开唐楷，承接魏晋元气，超神透劲——魏碑每一笔都透着最原始的力量和最初的灿烂元气。那北魏孝文帝把一代书风推到极致，也把自己的朝代推向极致：开放、大气、包容。

在云冈石窟，我看到气象万千：波斯人在跳舞，西亚人在演杂技。她们奔放的身姿，她们开放撩人的姿态。山川随云秀、佛灯共天长，民族的大融合，文化的大撞击——北魏，为走入盛唐奠定了磐石一样的基础。而魏碑，绽放出它的华彩和力量感。

我甚至十分喜欢魏碑中那苍茫的野气和动荡之气。像藏着一个野狐禅，不安分，带着最初的元气，一刀下去，血红雪白。

我看清代以后的书法，简直是养在洋房中病恹恹的姨太太。要用魏碑的阳刚冲一冲，所以出来了康有为，掀起"碑学"狂热，一个民族缺钙的时候可以写写这硬朗俊美的魏碑。

家里客厅有一帖字：惜君如常。走笔疏朗明媚，又沉着通灵。像一个人在等另一个人似的深情。是大同书协主席杜鹃老师所书。杜老师长相有魏碑的气息——英气俊朗，绝无媚态，师从孙伯翔先生，写得一手好魏碑。从前那墙上挂着禅园听雪，有人仿的启功体，有气无力的样子，没有姿态也没有气势。书家来了禅园，都夸"惜君如常"这四个字真是大好。

这四个字，就是魏碑。看不出出自一个女书家之手，只觉风神俊朗，之后是又舒朗又妥帖又飘逸，简直是雌雄同体。

杜鹃老师在魏碑研究院接待我，我们喝茶聊魏碑。暮色中大同有一种鬼魅气场，那暮色是墨色一样的黑，压人而性感。我无比迷恋。

杜鹃老师写字，一笔下去仿佛穿越了 1500 年，笔墨之间，是劲道，也是如痴如醉的雄俊伟茂，气象浑移之间，我忘记杜鹃老师是中年女性，只觉得是不分男女的人穿越而来，下笔之间，骨法润达、血肉丰美。那有血有肉的跳动，是时光的节奏，是魏碑最鲜活的生命力。

和杜鹃老师聊起公元四世纪的北魏孝文帝，这个有旷野之力的拓跋氏男子，去世时仅 32 岁，但他用九年时间让中华文明进行了大融合，一个帝王的行为最明显地会映衬在文化上，所以我理解了魏碑上的旷野之力，有天苍苍野茫茫，有千里苍云的豪气，有马上民族放荡不羁的剽悍，有天地初开的混沌，也有来自北方的粗粝和雄浑——魏碑，也为迈入盛唐的"唐楷"铺垫了最好的道路。

我们一起去云冈石窟，在那些希腊风格的雕塑前驻足，那是受了"犍陀罗"

艺术的影响，东西方糅合的不纯净和复杂，在云冈石窟前有力绽放。

又去了大同博物馆和一个民间收藏博物馆。在北魏留下来的艺术品面前花容失色，特别是魏碑。我看到真实而有力量的碑刻，上面的书法虽然 1500 年了，风化，斑驳了，但力量还在。我甚至欢喜那潦草和动荡之气。一下笔就忘乎所以的野蛮。像一个不谙世事的少年，还不懂这个世界的险恶，就蛮干，不由分说。但又有自己的法度和尊严，有大美不言。我屏住呼吸，怕惊扰了这千年的石碑。

还看到大量的棺木，再一次震撼。那石棺上画着五颜六色的戏曲人物或者各种传说——古人真是视死如生，据说人快死时就会被抬到提前盖好的墓穴中，然后等死。

这样对待死亡的方式让人起敬重。死是重生，是又一轮回，那墓穴都是石头所砌，精致而坚固，而大多数魏碑都是墓穴前面那块墓志铭。朋友说："镇不住风水的人写不了魏碑，魏碑阴气太重。"

比如我喜欢的《张黑女墓志》。张黑女三个字像草莽下山，不管不顾的俏丽野蛮，简直好极了的好。它全称是《魏故南阳太守张玄墓志》，张黑女不是女的，是太守，现在流通的第五套人民币上的"中国人民银行"几个字，属于"张黑女"体。

《张黑女墓志》，区区三百多字，字字珠玑，如捕鱼撒网，墨韵喷薄而出，峭拔与灵动并存，秋水共长天一色。有人说，学碑多学笔法，学帖多学墨法。无论笔法与墨法，都先学意韵。张黑女又黑又俏，张狂肆虐着时间，但时间被它俘虏，它轻轻地达到了光阴的彼岸，成为别在衣襟上的花朵，那墨色开出花朵来，比真正的花朵更妖艳。

我对魏碑毫无缘由地心生亲近。特别是近两年，想了想，大概有三。一是人到中年有了识别心和判断力，二是有了魏碑的气场，三是渴望那种旷达洗练之美。

我认了杜鹃老师当书法老师学习魏碑，可惜没长性。我学得不好，杜老师原谅我，给我寄来了《龙门二十品》，我在春光中翻看，翻着翻着，我就到了北魏。

你看，魏碑就是这样，迷人得让人意乱神迷。

魏 碑

魏碑是我国南北朝时期（420—589）北朝文字刻石的通称，以北魏最精，大体可分为碑刻、墓志、造像题记和摩崖刻石四种。魏碑风格多样，朴拙险峻，舒畅流丽。魏碑上承汉隶传统，下启唐楷新风，为现代汉字的结体、笔法奠定了坚实的基础。

行书

我丝毫不掩饰对行书的偏爱，甚至溺爱。

人心潦草的人世间，好行书是绿雪诗意的生活——是恩爱夫妻沏一杯普洱茶，唱段戏，听段书。铺开发黄的宣纸，如果现在写字，他写，她看，一定是行书。

草书还有形式化和噱头，如那着华衣烈艳的女子，必以异服取人，国画里，是重彩；在京剧里，是快三眼或者流水板；一眼看上去，突然就炸裂，心里就翻滚、扑腾，草书有太多放纵。像年轻人，逢着点事就买醉，形式的隆重超过内心。

篆书是穿了旗袍唱评弹的女子，高高端坐着，不能动——一切都是紧紧的，腿搭得很不舒服，那高凳上是梳着爱司头，喷了头油的女子和男子，都端丽得一动不动。丝绸必须是云锦缎，或者是蜀锦、湘绣。严丝合缝地紧，稍微用力，可以看得到起伏的胸脯——我在杭州杨丽萍的"孔雀窝"淘了一件衣，上衣是老绣片，一条巨龙缠绕，下身是宝蓝的艳烈长裙。实在惊艳，但上衣紧，紧得呼吸有些困难，但到底舍不得。犹豫再三，三千块钱买下，不为穿，只为欢喜——篆书就是这样。

行书却是素衣女子，或许只一件家常白衬衣，搭一条宽松蓝裙子——暗地里是惊艳，表面看上去，一脸的日常与市井。它知道稍纵即敛，那样的克制与放纵——克制是放纵的克制，放纵是克制的放纵。亦有飒爽之姿，亦有缠绵之态，点染之余，只觉得生活是这样小桥流水、绿雪诗意。

少年时，喜欢苏轼《寒食帖》，每每羡慕那一笔一画里的气质，多少也稍带对苏轼的嫉妒。他的《寒食帖》尽是泥污胭脂雪之气，少年时当然爱，那样的大胆和浓墨，恰恰是一腔的幽怨。吹花嚼蕊的少年，自然最喜《寒食帖》。

中年时，不知与何人说。常常是一个人独行，多少话，更与何人说？——没有了。一个人行走在陌生的街巷，坐在公交车上，听着陌生的方言，看着高大的法桐树或者香樟树掠过头顶，闻着浓稠得有些过分的桂花香，亦无风雨亦无晴。此时，与天、与地、与山河、与水光潋滟说，那绿妖蓝花，那桂花秋色，都与自己说。再看《兰亭序》，生出欢喜心。王羲之写得如此曼妙和随意，自然天成。与生活化干戈为玉帛，可以闻得到花香、流水、茶香，可以倾听那鸟语、人声，甚至，兰亭臭鳜鱼的味道，香米的味道……那都是兰亭，绝非只是笔墨兰亭。那行书的缠绵还在，却有了可亲可怀的民间缠绵。

秋夜里，翻看那些册页，那些旧人的笔墨一一泛于眼前。那些行云流水的行书，如此飘逸又如此淡泊地出现——它是白衬衣蓝裙子，是红枣小米粥，是快雪时晴的绿灯笼。

行书是昆曲里《惊梦》那一折，在最美的光阴里，纸和墨相遇，又惊又喜。一挑眉：原来你也在这里。那艳红的芍药花知道，不早不晚的相遇，正是人间好芬华。

行书还是：过尽千帆，爱错了人，不敢再爱的人，突然又遇到——惊喜之后，是执子偕老，最美的相遇不怕晚，遇不到才是惋惜，如果能遇到，再晚也是美的相遇。

行书又是：淡然在日记中写道"我亦是，中年后……"又如何？人生处处是还魂记，中年后才会有这样淡然心情——不再争那花红柳绿，《锁麟囊》

中，大小姐薛湘灵出阁日嫌薛良准备的是素白白的帕子，嗔怪丫头："吉日良辰，就用这素白白的帕子么？"那是小娇女在撒娇，戏没有写到薛湘灵中年后，如果中年后，她一定也喜那素白白的帕子，只因那素白白，才是人生的底色。

杭州偶遇沙孟海故居，进得厅来，看他写的条屏，苏轼的诗，行书。

呆呆地看了半天——刹那之间，了悟为何我如此偏爱行书，只有行书了解生活如行云流水，你疼也罢，喜也罢，光阴一天天变老。有一天，"隔座听歌人似玉"，听董湘昆的京东大鼓和盛小云的评弹时，都会无端落泪——尽管唱的是这情爱世界的美与好，可是我明明知道，这世上本是千疮百孔，没有这么多的美与好，所以，他们唱给我们听。

就像行书，它明知人世坎坷，仍然一意孤行地飘逸着自己的风华绝代，演绎着生活的橙黄橘绿——它从来不动声色，但内心里，绿雪荡漾，那绿窗下，有一个女子，俨然地笑着。

行 书

行书是一种统称，分为行楷和行草两种。介于楷书、草书之间的一种字体，是为了弥补楷书的书写速度太慢和草书的难于辨认而产生的。"行"是"行走"的意思，因此它不像草书那样潦草，也不像楷书那样端正。实质上它是楷书的草化或草书的楷化。楷法多于草法的叫"行楷"，草法多于楷法的叫"行草"。行书实用性和艺术性皆高。

贰

瘦金体

"瘦"与"金",仿佛贫穷与富贵,凑在一起,居然有一种别致的味道和气息。

是一个皇帝创造的一种书法体。

但凡这种皇上,一定做不好皇上。果然,创造瘦金体的宋徽宗对书法和绘画的偏爱,让他沦为金兵俘虏。但正是心中这些对于书画的热爱,才使他在沦为俘虏时不至于落难到不堪的地步——人的爱好,在生死关头总会拯救他。因为漫长的时光是无法打发的,这些爱好,可以与时间为敌。

喜欢瘦金体,是因为喜欢它的各色。

就因这叫法,分外有几分落寞的荒意。

像秋水长天。是寂寂的天空,有几声远走高飞的大雁,其实是含着人世间最饱满的情意的。远的东西总是充满了想象,而这"瘦"里,就有了山的寒水的瘦。这"金"里,又有了人世间最真实的沉重和亮色。

第一次读到这三个字，就被吸引了。三个字里，跌宕出一种极为细腻的光滑与各色感。只这三个字联系起来，衍生出多么孤零的一种情怀啊。

再看字。真是瘦。绝非牡丹的肥腻，而是一枝清梅的瘦。枯而不甘。我喜欢那支棱出来的样子，一撇一捺都彰显出不同凡响的意味。看着一点也不洋气，甚至有些乡土，可是，一腔子里的血全是清傲的。

那份浓烈，那份傲岸，分外扎眼。

也像宋徽宗这个人。偏偏不喜欢做皇帝，偏偏把心染在了琴棋书画里。

另一个皇帝李煜，南唐后主。把自己的一生交给了诗词，一切如命，当然也会一江春水向东流。

总觉得喜欢上文字或者绘画书法的男子或女子会徒增一种莫名的伤感，于他的审美上或许是一种趣味的提升，于人生而言，并无多少益处。因为那样会使心灵过早地进入陡峭地带，过上一种看似平静，实则颠簸的生活。虽然人生会因此"厚"了，肯定了，更值得揉搓和拿捏了。可是，它们带来的荒凉和皱折也一样多。——这些人要比别人付出更多对时间的交代和对生活惘然的品味。

就像瘦金体，看似锋芒毕露，实则是人生的无奈全在里面。

能在哪里张狂呢？除了在文字中。在日子中，不得不收敛，不得不从春到秋，从夏到冬。日复一日重复和交代的，其实是差不多的内容。

仿佛是经历过时光淬砺的女子，逆境让她一夜之间成长。被时光打击过的石头、铁或人，往往更加光彩夺目。很多时候，顺境让人慢慢就沉下去了，而逆境，一经时间打磨，却可以散发出更加绮丽之光。即使是变得凛然，突兀，那味道也格外不同。

人们很难记得历史上那么多皇帝，但却容易记得宋徽宗。金戈铁马是留给岁月尘烟的，一个书法体的诞生却是永远永远地留下来了。尽管想起时恍如隔世，可是，如果看起来，写起来，却仿佛昨天。

看过一个朋友临摹的瘦金体，分外古意。

却觉得并不远，仿佛可亲可近的人。贴在脸上，有温热感，放在怀里，是那亲爱的人。远远地看她写，那中式的长衫，那手中的毛笔，仿佛都带着一种阔绿千红的诱惑。在少年，我是如何抵触着中国文化，那么现在，我就有多么热爱着它——你曾经反感的，或者隔阂的，在多年之后，也许会成为最亲近的，这恰恰是岁月所赐。

心老了以后，往往就会喜欢一些沉静下来的东西，比如书法、绘画，比如戏曲。

因为不再有生活的节奏和韵律了，也渐渐失去争先恐后去要什么的意味。人生到后来，是做减法了。一步步减去那丰硕的气息，像瘦金体，只留下些风骨和枝丫就够了，那风骨，却更吸引人。因为隔着八百多年的烟尘与风雨，我仍然能感觉瘦金体的凛凛风骨。

那是一个男人的心声。

他更愿意臣服于书画之间的时间。那是属于他个人的时间，没有年代，没有界限……他似乎早就料定了。其实，他一定会比别的皇帝更多地出现在后代的书中或者文人们的嘴中。因为文化，从来是穿破了时间这层膜，而且，年代越久，味道会越醇厚，越有气象。什么东西一旦有了气象，便离成大器很近了。

因了宋徽宗，我偏爱着寥薄清瘦的瘦金体。又因为瘦金体，我更高看这潦倒的皇上。有的时候，恰恰因为不堪和潦倒，才创造出一个个文字或书画里的奇迹，那些画牡丹的人，永远不会体味画竹或画梅的心境。潦倒，往往赐予人更高的灵魂品位和耀眼的光彩夺目，比如梵高，比如宋徽宗。

破掉了富贵之气的瘦金体，就这样支支棱棱地入了我的眼——异数，从

一宋·赵佶《桃鸠图》·私人收藏

貳

大觀丁亥御筆□□

凱 风 自 南　　　　　　　　　　　　137

来就有着别样的动人大美。无论是书画、文字，还是人。

"瘦"和"金"是两个骨骼清奇的男子，突然就遇到了。同样的孤独，同样的旷世奇绝。两个人好成一个人，这个人就是宋徽宗。

我对宋徽宗总怀着体恤和心疼，莫名的，说不出的。

一个研究《易经》的朋友说："宋徽宗写出那样的字，到处是长枪大戟，到处是锋芒毕露，不出事才怪，不仅亡了人，亦亡了国……"中国文化是"藏"的文化，是显而不露。瘦金体全是缺点，又瘦，骨头又硬，又紧又窄，像穷途末路的书生，却又有着一身傲骨。

多像一个人在刀尖上跳舞，每一步都是疼的。又像在万丈深渊上走钢丝，那危险的美跌宕起伏——可是你偏偏爱那个走钢丝的人，因为他有着绝世的孤独和绝世的才华。

何况，他是个皇帝。

余秋雨说："我不喜欢瘦金体，一点也不喜欢。"我想，他或许是不喜欢宋徽宗的锋芒。他应该喜欢赵孟頫或董其昌。我是这么猜想的。

在董其昌的书法中，我看到了圆润、清瘦、优雅、成熟、老练、纯熟技法是，甚至可以调整和拿捏的练达、雍容，甚至恰好的分寸——我从未见董其昌在书法中波澜起伏过，他维持着同样的温度和静气。毫不动摇。纸面上一片平静如练。

但瘦金体全是张狂。到处是锋，到处是荆棘，可是却贵气凛凛。

这富贵之气，逼仄疼痛。

也唯有宋徽宗写，可以写出一派贵气天真，任何人模仿，贵气难得，贱气遍地。

瘦金体亦像一把锋利之刀，切割着时光的钻石。铿锵作响，它伤着了时间的羽毛，伤着了我们的眼睛，一千年都不忘。它以它光芒的美，还有锐利的锋芒，伤着了宋朝，也伤着了宋徽宗，以殉国之躯惊了天动了地。

它不要世俗意义上的安稳，它只要惊动这一世就好。

宋徽宗和瘦金体像两片最孤独的云，就那样夹裹在了一起，然后翩翩逐着晚风。这晚风里，有家国命运，也有个人悲欢。

但更多的是，瘦金体挥舞着它的长剑，走到了空山不见人的时光里。

瘦 金 体

宋徽宗赵佶所创的极具个性的一种书体，与传统书体区别较大，故可称作是书法史上的一个独创。瘦金体运笔灵动快捷，笔迹瘦劲，至瘦而不失其肉。因其笔画相对瘦硬，故笔法外露，可明显见到运转提顿等运笔痕迹。

董美人

"美人姓董。"这是《美人董氏墓志铭》的第一句。

美人和董连起来就有无限的意味。

比如叫"孙美人""王美人""刘美人",都不如"董美人"来得俏丽妖娆。一声"董美人",仿佛一个冰肌玉骨的美人就站在面前了。

后人管《美人董氏墓志铭》多叫《董美人》,这样一叫就亭亭玉立了,如袅晴丝吹来闲庭院,就有了说不出的情色意味。

《美人董氏墓志铭》其实是隋文帝第四子蜀王杨秀,给其早逝妃子董美人所写的诔文。

那年她一笑倾城再笑倾人国,那年杨秀正贪恋着她的美色,那年她才19岁,不幸死掉了。

他思念她,痛且疼。挥笔写下"埋故爱于重泉,沉余娇于玄隧……"

一声"故爱"令人心碎。

『美人姓董，汴州恼宜县人也。祖佛子，齐凉州刺史，敦仁愽洽，标誉乡闾。父后进，傲傥英雄，声驰河浣。美人体质闲华，天情婉㜻，恭以接上，顺以乘亲，含华吐艳，龙章凤采，砌炳瑾瑜，庭芳兰蕙，既而来仪鲁殿，出事梁台，摇环佩于芳林，祛绮缛于春景，投壶工鹤飞之巧，弹棋穷巾角之妙。态转回眸之艳，香飘曳裾之风，飒洒委迤，吹花回雪。妖容倾国，冶咲千金，妆映池莲，镜澄窗月。以开皇十七年二月感疾，至七月十四日戊子终于仁寿宫山第，春秋一十有九。农皇上药，竟无救于秦医，老君灵醮，徒有望于山士。以其年十月十二日葬于龙首原。寂寂幽夜，茫茫荒陇，埋故爱于重泉，沉余娇于玄隧。惟镫设而神见，空想文成之术，弦管奏而泉濆，弥念姑舒之魂。触感兴悲，乃为铭曰：

高唐独绝，阳台可怜。花耀芳圃，霞绮遥天。波惊洛浦，芝茂琼田。比翼孤栖，同心只寝。风卷愁幔，水寒泪枕。昔新悲故，今故悲新。去岁花台，临欢陪践。今兹秋夜，思人潜泫。嗟乎颓日，还随溺川。落鬓摧楱，故黛凝尘。悠悠长暝，杳杳无春。余心留想，有念无人。游神真宅，归骨玄房。依依泉路，萧萧白杨。坟孤山静，松疏月凉。瘗兹玉匣，传此余芳。

惟开皇十七年岁次丁巳十月甲辰朔十二日乙卯

上柱国益州总管蜀王制』

曾经的缠绵没了温度，一人躺于冰冷棺木中，香消玉殒。"余心留想，有念无人。""有念无人"写绝了，再思你念你又如何？董美人呀，"去岁花台，临欢陪践。今兹秋夜，思人潜泫"。

一个人在暗处偷偷地哭吧，这是杨秀的思念。一个男人想念他的女人的动人处，"料得年年肠断处，明月夜，短松冈。"苏轼的千古悼亡诗比杨秀晚了几百年，一样沉痛到有体积，有重量且无边无际。

董美人是尤物，《美人董氏墓志铭》也是尤物。董美人妖娆端丽不可方物，收了性情暴戾的杨秀的心。杨秀的字里行间，全是对董美人的深情，世间唯有深情作不了假。

"寂寂幽夜，茫茫荒陇"，他说怎样思念于她呢？女人再多也替代不了董美人。有念无人，有念无人。这样诚恳悲痛地想她了，心里全是粉粉的她，全是有深度有刻度的思念。

唯有生死最茫茫，所以生死两茫茫。我想念你，而你再也不会想念我了，这才是两茫茫了。

《美人董氏墓志铭》真是尤物，不可方物的尤物。原石于清嘉庆、道光年间在陕西出土，为上海陆君庆官陕西兴平时所得。后归上海徐渭仁，毁于上海小刀会农民起义，徐氏拓本遂成珍品。特别是出土初期的拓本，实为尤物。

"董美人"令民国四公子袁克文寝食难安了。"《董美人》不得，食不甘，寝不安。"不知他最后得了没有。袁世凯能有这样的儿子，幸矣。可惜早亡。

有雅好的人活得长久更有滋味。至少像张伯驹，或者像董其昌。

哦，好巧，董其昌也姓董。南北分宗的董其昌，字画都俊秀飘逸的董其昌。单从字画看，也是个雍容富贵之人，因为字里画里全是一派安静，没有不甘。他说人家赵孟頫的字因"熟"得俗态，说自己的字因"生"得秀色。

我在台北故宫博物院看过二人真迹。同样的气息，仿佛一人。

董其昌写得最像赵孟頫，却不愿意别人说他最像赵孟頫。

我在董其昌真迹面前感觉清凉，然后是不动声色的激动。心里跌宕起伏，可真好啊。好到说不出，好到想占有。

陈丹青在香港有场讲座《从毛泽东到董其昌》，他说有一次看

贰

美人董氏墓誌銘

羙人姓董，汧州怐宜縣

人也。祖佛子，齊涼州剌

史。敦仁愽洽，標譽鄉間。

父後進，佾僮英雄，聲馳

河浇。羙人體質閑華，天

到董其昌的册页和尺牍，简直气死了，气得胃疼了。"怎么这么好呢？简直都想霸占了。"

董其昌啊，就那么清贵着，过了一辈子悠闲的好日子，晚年渔色。

齐白石也是，毕加索也是，越到晚年越渔色，美貌水嫩的年轻女子是他们的艺术动力，是画上那最动人的一笔翠色。

我忘不了在台北故宫博物院，一个人站在董其昌的书法和册页前的感觉："清凉啊，像一阵妖娆的晚风吹进裙袂，都不想动了。"董其昌是男人中的"董美人"。

亦有书法家制印人亦姓董，性古朴、讷言。但下笔下刀如鬼附体，刀下有鬼，为我制印几十方，华美坚挺、朴素空灵。那拙朴通了古意，那几方印是我的"董美人"。老董不美，苍劲古朴，讷言之下，全是逼仄才情，流得到处都是。

吴湖帆先生出身书香门第。小时常常听爷爷和吴昌硕聊天，一身的书卷气。新婚时，新娘子叫潘静淑，亦是书香人家小姐，那嫁妆里有一件宝物——《美人董氏墓志铭》，吴湖帆《董美人》、潘美人共得，喜难自禁。至于他自己喜欢将名画裁成自己喜欢的样子，且尺寸差不多，完全是个人爱好。那样出身的人，熏了一身的金石书卷气，后来调至故宫博物院去鉴定书画，不二人选。

"态转回眸之艳，香飘曳裾之风，飒洒委迤，吹花回雪……"读到"吹花回雪"心惊肉跳的，鬼才啊杨秀，这四个字美得妖冶端丽，明明是在勾引人嘛。却又穿了一身学生蓝，一脸的羞涩和无辜。有些字、有些词组在一起就是让人魂飞魄散的，像藏着一个女鬼似的。

胡竹峰说吹花回雪："更好无言，拜上天所赐也，而《董美人》文辞大好，得了《洛神赋》真韵。"

近两年还有一首流行歌曲《董小姐》，不知和《董美人》有没有关系。"董小姐，你才不是一个没有故事的女同学……"

董美人也有故事，董美人懂得"吹花回雪"，所以一千多年了，那雪还在飘着。至少在这个上午，和着李少春的大雪飘，一起飘到了我的笔下。

杨秀《美人董氏墓志铭》

董美人是隋文帝四子蜀王杨秀的妃妾。董氏于十九岁病逝，在杨秀笔下，她美丽的容颜倾国倾城，妩媚的笑貌可值千金。叹惜她的大好年华，忽然就像花一样凋谢了，令人很伤感，杨秀对其感情颇深，于是刻了这篇铭文，被称为《美人董氏墓志铭》，又称《董美人墓志》，是追思董美人生平事迹的随葬刻石。石碑不存，流传下来的只有拓本。

呦呦鹿鸣，
食野之苹。
我有嘉宾，
鼓瑟吹笙。

节选自《诗经·小雅》

呦—呦—鹿—鸣，

山河帖

　　"山河"二字大。壮阔波澜之味荡漾，用好了是锦上添花，用不好要压自己的运势。但褚遂良用，恰恰好。

　　他便是山河。

　　也说不清为什么那么喜欢褚遂良，是发自心底里的喜欢，在我心底里排第一的喜欢——大概总有一个书家的魂儿会潜移默化侵略进来，或者隐约中就觉得亲和近，莫名的、说不清的。比如说当代文人中，我觉得和沈从文、孙犁近，也许到底文字中有相同的气息。

　　我初见褚遂良便心动。只觉地动山摇——就是他啊。灵魂中的DNA相近相认了。那字也个个似埋伏着的亲人，纷纷扑出来抱我，亲我。个个欢喜，字字惊心。

　　我屋内有两张字全是褚体。一张是：春去花还在，人来鸟不惊。另一张是：若有人知春去处，唤取归来同住。挂上之后，一屋子飘

山河阻絶星霜變移傷搖落之飄零感傾之之柳塞烟霞桂月獨旅無歸折木葉以安心採薇蕪而長性魚龍起浞人何異知者我褚遂良迷

逸空灵疏朗之气。古雅绝俗、瘦硬得体、字里生金、行间玉润，温雅大方之余，又生出几分妩媚、艳润，丰艳的勾着人，却又正大仙容。仿佛瑶台深锁婵娟，偏又露出一脚红鞋，未穿罗绮衣，又遍地风流意——像看梨园戏中曾静萍演戏——妖而不媚，艳而不俗，又像品一壶陈年老茶，不动声色中收了你的三魂七魄。

那字中"清远萧散"之意明明夹裹着无限的性感和迷离。

请允许我这样疯狂赞美着褚河南（人称褚遂良叫褚河南），那中正平和之外全是一脸的妩媚和春色，妖啊。

褚字里有春风、有明媚的引诱，无论中锋、侧锋都婉约亮丽，处处勾人。我尤喜撇捺的优雅，那长出去的一点点就是若隐若现的风情，又熨帖又得意，明明勾引了你，却又一脸正人君子。

《山河帖》带着盛世之息，褚遂良是开元盛世之臣，深得李世民之欢。历代帝王，李世民对书法的重视和喜爱登峰造极——前无古人后无来者，他尤其偏爱王羲之。"一字千金"故事因此而来，凡有王羲之字者，一字千金。于是集了《圣教序》，于是有了全国文人都写王羲之。李世民的精神知己书法知音是虞世南。二人长期秉烛夜谈，谈话内容多是书法艺术。

那真是盛世，李世民的贞观之治，开创了大唐的辉煌，长安城、五花马、千金裘、锦衣夜行，仿佛整个盛唐都弥漫着山河浩荡的意味。

但他爱书法，这个有鲜卑血统的皇帝，迷恋王羲之到夜不能寐，神魂颠倒。书法的魅力从来没有过的巅峰，整个国家都带着墨香书香。长安城里，到处是写王羲之的人。

但他的知己虞世南死了。

他大恸，痛失知己。无以言说，山河皆碎了，还有谁能懂他？一个皇帝，找崇拜的人，到处都是。找爱的人，三千佳丽。找懂他的人，难。

李世民悲痛好久，丞相魏徵推荐了褚遂良。

写得最像王羲之，也最有王羲之神韵的人。

褚遂良入住唐宫，成为负责李世民"起居住"的官。李世民所有行为都会被褚遂良以最好的书法作品，最真实的笔法记录下来。

李世民问："朕有不妥的地方，你也要记录下来吗？"

褚遂良答："当然。"

他是个耿直的人，更多的时候，他是李世民的书法知己——辨别王羲之书法真伪，褚遂良独具慧眼，几乎能一眼认出，丝毫不爽。这为李世民搜集王羲之的书法提供了最好的佐证。在唐代的书法家中，得其真谛，并神似形似王羲之的，褚遂良算是翘楚。

褚遂良开始参政——这也是他悲剧命运的开始，贞观十八年（644），作为黄门侍郎的褚遂良开始巡察全国各地，高宗即位后，又升河南郡公，人称褚河南。高宗欲废后立武则天，他不要命了反对——将官笏放在台阶上，把官帽摘下，叩头流血，他被发配广西，坠入深渊。晚年的褚遂良又被贬越南。他致信高宗，诉说自己对高祖和太宗的效劳，无效。659年，褚遂良在流放中孤独死去，武则天并没有放过他，一方面削掉他的官爵，另一方面把他的子孙也流放到他死的地方。

他的代表作品《雁塔圣教序》，是去世前六年所书，仿佛一生的悲欣全在书中。字体瘦劲、极具丰神硕骨，法则有筋骨，行间多生玉润之风，字里生出飒飒丰姿，仪态万方。褚遂良法取王羲之，又得虞世南真韵，后来的颜真卿多受其影响。

《唐人书评》中，这样点评褚遂良之书："字里金生，行间玉润，法则温雅，美丽多方。"气势中全是平淡天真，又淡泊又有说不清的婀娜，轻重缓急之间，尽显萧散恬淡之气，尽得无以言表之风流，是一个穿着白衬衣的男子，平头，布鞋，但眼神间全是风情万种，这是褚遂良书法的魔力。它既是初唐书风格的创造者，也是晋人书风最好的继承者。"美女婵娟，不在多绘，在于姿态。"这个姿态，飘逸空灵，让人欲罢不能。后世颜真卿、米芾皆出自褚遂良，运笔藏头护尾，一波时附三折，又圆润又含蓄又性感，何绍基说：这已经不是屋漏痕可以形容得了。

米芾本宋代书家狂人，得了褚体真味。这个狂妄的人说："锵玉鸣珂，窈窕合度。"有人说颜真卿得到了褚遂良的筋骨，这下子，筋骨比肉强。韵比形强，像一个女子，态要比美貌好。

每次去西安，都会在大雁塔下坐一会儿，听风食。

《雁塔圣教序》共一千四百六十三字，就在大雁塔下。风吹过来的时候，大雁塔的风铃吹得格外动人，仿佛也呼唤着千年前的褚遂良，他如何风日洒然写着《雁塔圣教序》和《山河帖》。

"山河阻绝，星霜变移。"

我尤其喜欢《山河帖》中这两句，一种对山河岁月的无可奈何和绝望。人在时光中都是败寇，或者说是流寇，但真好啊，有书法和文字留了下来。然后在时光中继续被发酵，那些味道蒸发了出来，那些文字和书法被时光磨出了最美的包浆，然后熠熠生辉，然后星河灿烂。

他又写：

"伤摇落之飘零，感依依之柳塞。烟霞桂月，独旅无归，折木叶以安心，采薇芜而长性。鱼龙起没，人何异知者哉？"

真好啊，《山河帖》！这种山河飘摇无依之感，这种无以诉说的忧伤和无奈，好的书法作品一定有情绪的流动，这种流动异常打动人，有哀叹，有无奈，是每个人内心深处的无以诉说，是秋之况味，萧萧落意中，有散疏之气，却又莫名袭击人。

叁

我就这样痴心地爱着褚遂良，甚至忽略了他的长相。翻了几本书，没有人描述过褚遂良的长相。但我知道王羲之、王献之是玉树临风的，是帅气英俊的；苏东坡貌似一般，米芾喜欢奇装异服，怀素做和尚也爱吃肉……很想知道，褚遂良的长相——我爱屋及乌。但又觉得不那么重要，有那么好看、隽秀、飘逸的字给我看就应该知足。字品就是人品，他宁肯被流放也不肯低头，最后客死他乡。

想想那么迷恋褚体，大概是喜欢那藏于书法中的一种气质——萧散、疏离，却又妩媚婀娜。并没有想吸引你，却以一种莫名的舒展和姿态让人欢喜了。

也理解李世民为何那么疯狂地喜欢王羲之，甚至爱屋及乌喜欢褚遂良。他们是否秉烛夜谈过？是否因为欣赏王羲之时心动心跳到窒息？

不得而知。

我没有见过褚遂良真迹，但见过苏轼、董其昌、文徵明真迹。在台北故宫博物院，在真迹面前，我动弹不得，我泪如雨下，我感觉一千多年前的时光和气息在我体内流窜，热血偾张。

那次热泪盈眶，记忆如此深刻，几年之后，我还记得泪水夹裹着墨气，就那样让我臣服了。

那时的人写字就是写字，真气、元气十足，绝不表演。

那时的人写书法就是日常，就像现在的人发朋友圈吧——而日常就这样袭击着人心，人心被艺术俘虏后，便是永远的囚徒。

写褚遂良时，放了一段赵荣琛先生的《荒山泪》，又凄美又有味，在美与好之间，是夹裹着淡淡惆怅的。手边是十年的老白茶，加了枣煮，想了想这个素净如瓷的夜，再谈《山河帖》，浑身山河意。人至中年，听《荒山泪》，喝老白茶，读《山河帖》，都是萧散又寂美的人生况味——说不清道不明，但，体慰人心。

中途去了洗手间，看到自己略显憔悴疲惫的脸，又掀开头发看到白发。该染头发了。

窗外是一片星空灿烂，我打开窗，三九的寒气扑进来，我吸了一口，甜丝丝的，又有些寂寥空寞，是《山河帖》的味道。孤独啊，一样的，一样的。

我们和千年前的褚遂良一样孤独。

↑唐·褚遂良《雁塔圣教序》拓本·局部

褚遂良《雁塔圣教序》

《雁塔圣教序》亦称《慈恩寺圣教序》，是书法史上著名碑刻作品，褚遂良的楷书代表作。两碑共一千四百六十三字。上碑为序碑，全称《大唐三藏圣教序》，唐太宗李世民撰文，碑文二十一行，行四十二字，由右而左写刻。下碑为序记碑，全称《大唐皇帝述三藏圣教序记》，位于塔底层南面券门东侧砖龛内，唐高宗李治撰文，碑文二十行，行四十字，由左而右写刻。

大唐
太宗文皇帝
製
三藏聖教序

蓋聞二儀有象，顯覆
載以含生，四時無形，
潛寒暑以化物，是以

窺天鑒地，庸愚皆識
其端，明陰洞陽，賢哲

食
鱼
帖

　　写作的时候，自己像是一个提灯人，行走在各个朝代，打着灯
笼寻找自己前世的故交，劈面相逢之际，莞尔一笑，如露如电。

　　我遇到怀素的时候，长安大雪，他穿着宽大僧衣雪地泼墨，食鱼，
老僧无戒，风流天真，一个人神游长安雪境，而我打马人间，在大
雪纷飞中，烧了滚烫羊汤和上好的白酒，一人看他烫了好酒，风流
地写《食鱼帖》，快哉。

　　大雪。听裘派。喝太平猴魁。看怀素。它们如此关联，密不可分。
怀素是茶中的太平猴魁，大枝大条大叶，壮阔风情。是京剧中的裘派，
大开大合直冲云天，却又靡丽深沉得似交响乐，那线条是最前卫的
摇滚，都醉了，都神经质了，都在长安的雪地上打滚。

　　暗地里，我属意褚遂良的字，但我艳羡活成怀素的字：肆意飞舞，
不管不顾，尽得风流。

叁

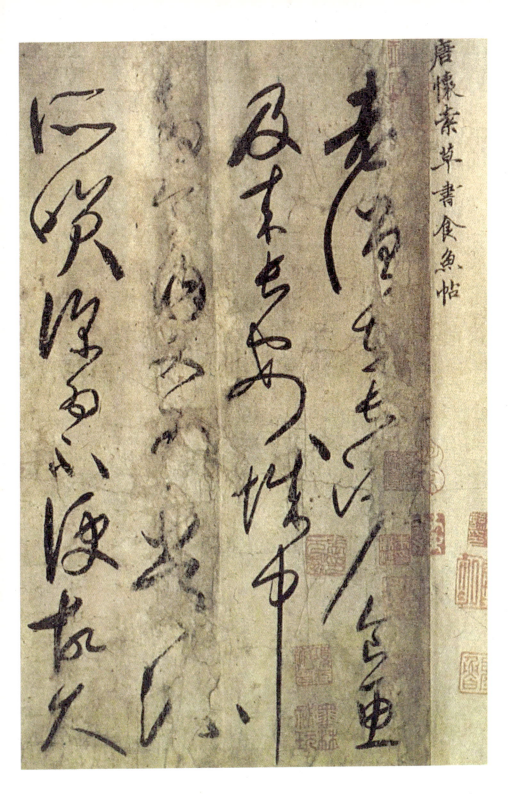

呦呦鹿鸣

李白诗下有怀素："笔锋杀尽中山兔"，"状同楚汉相攻战"。

怀素笔下有刀锋，片甲不留，杀尽中山兔。怀素笔下又有战争，像统率着千军万马，忽然就打得天翻地覆了，忽然就天昏地暗了。他的字就是他的千军万马，个个如狼似虎。看怀素不需要气定神闲，要屏住呼吸，要深吸一口气，再慢慢吐出来。

这真是怀素的大好——我们中规中矩这么多年了，我们正义端正如颜真卿，我们一丝不苟方平端丽如欧阳询，我们严谨疏朗不懈怠如柳公权……我们穿着熨帖了十八次的衣服笔直地站着、微笑，像接待远方客人一样规矩、严谨、一丝不苟。

然后，我们遇见了怀素。

他穿着随意的僧衣，解卧，喝汤、写字、舞剑，他或出粗口，大块啖肉，大口吃鱼，更或，他心里还惦记着一个女人。

我们彻底放松，并且卸下精神上的枷锁。也许还嘲笑着尘世，也写自己的《食鱼帖》——去你们的吧！我是老僧，我也无戒。

而我尤喜《食鱼帖》。

非有老笔，哪来曲折？非有老僧，岂能无戒？

怀素真好，真性情，为常流所笑，常流是个什么俗物？想想就憋气得很，又吃鱼又食肉，终于招来铺天盖地的非议。你们长安城真不好，我深感不便，我病了，我好久没写书法了，我不高兴了。

我看笑了。

古往今来，被常流所笑之人，皆不是"常流"。那些常流，很快被时光掩埋。

常流销声匿迹，老僧立于湘江，那背影销魂啊，

"老僧在长沙食鱼，及至长安城中，多食肉，又为常流所笑，深为不便，故久病，不能多书，实愧予报。诸君欲兴善之会，当得扶赢也。即日怀素藏真白。"

叁

那背影是怀素，是中国古代草书艺术的巅峰。怀素之后，再无草书纵意之人。

"怀""素"，这两个字莫名其妙地好，凑在一起，更是大好。素素的好，有远意的好。

唐朝有怀素，是人正逢时。怀素太壮阔飘逸，怀素太任性恣意，放宋代就拘谨了，放在唐朝，生正逢时。

唐朝就是草书啊——风苍云涌，那壮丽之姿，翩若惊鸿，还来不及回眸，已经晕眩千年——也只有唐朝能盛得下怀素。

怀素自幼好书法，又买不起纸。纸在当时是奢侈的，他在器皿上、墙上写字，10岁，忽发出家之意，这也是天意。10岁的孩子要出家，于是做了头陀，父母泪泣，但他仍然坚持，一如38岁的李叔同，执意抛下娇妻爱子出家，皆是天意。所谓头陀，也就是苦行僧。

怀素是今长沙人，爱吃辣吗？不知道，但爱吃鱼，长沙鱼多，自然爱吃鱼。但他最爱书法，在《自叙帖》中说，怀素家长沙，幼而事佛，经禅之暇，颇好笔翰。

又苦于无钱买纸，写满墙壁，又种了万棵芭蕉，撕了芭蕉叶写字，颇有"晴雯撕扇"的快感。怀素尤好草书，自言得草圣三昧，用过的笔堆集埋于山下，形成笔冢，这样的埋笔成山，怀素是第一个。

草书不草，线条之间是华美而沉静的张力。一个人心静似太古才能写草书，一个人胸有千军万马千山万水才能写草书。一个人如果有大爱大恨大情大仇，草书里也会有这样的快意恩仇。

怀素的草书，直通了宇宙的密码。

是秋后的气息——饱满、灵动，有繁华过后的苍凉，也有大唐盛世的悲欢。

有人说，一个人年纪不到境界不到，玩不了味，也玩不了物，连玩家也玩不了。怀素的草书，至《食鱼帖》，境界到了，味到了，韵到了，禅意到了，人和天地之间的接引，也到了。

也只能是怀素，不经意间，自自然然全通了。

怀素有一群好友，他在《自叙帖》中一一列出，影响至深的三位：陆羽、李白、颜真卿。

陆羽，与怀素同时代人。"茶圣"，著有《茶经》。本弃婴，后入伶界，又习茶，遇见怀素，二人或慨叹身世飘零，或叹息为知音，陆羽写下《僧怀素传》，是研究怀素的有力材料。他们是否煮了茶秉烛而谈？他们是否在孤独时无以言表？多年习茶品茶，陆羽早已成为我的知己，但他又与怀素这般钟情得意，真是曲意里有故人。

二是李白。怀素是书法界的李白。李白是与江河星辰对话的人，怀素也是星辰，是灿烂星河中耀眼的其中之一。他的字腾云驾雾而来，旋风旋雨，那晴空丽日里的天地元气，有前无古人后无来者的高古之意，是晋人的洒脱，又有唐人的壮丽，破墨而出的，恰是李白的三千八万里的豪情。

怀素 23 岁那年，李白已经 59 岁了。

不妨碍啊，一对狂人终于遇见了。李白游潇湘，遇到怀素，忘年之交，挥手写下千古名诗："少年上人号怀素，草书天下称独步，墨池飞出北溟鱼，笔锋杀尽中山兔。"有这几句，怀素名垂青史，至少，在李白诗中，不仅有"云想衣裳花想容"，"不及汪伦送我情"，也有了"少年上人号怀素"。

到底是李白，他看透了这支杀尽中山兔的笔。

在李白死后，这支笔更是杀尽了光阴，以唐朝的"书法摇滚"铭记于世——那线条是他的舞蹈，字字是龙，援毫掣电，随手万变，如露如电。个个如猛虎在嗅蔷薇，在下山，仿佛神助（一切巅峰状态的作品都有如神助），又带着盛世之光，落笔处是惊天地泣鬼神的气场，李白说如楚汉相争，我说是宇宙洪荒起了天地敬意，含蓄谦卑狂舞着。传说怀素一日九醉，"狂僧不为酒，狂笔自通天。"他以篆书入笔，藏锋内转，瘦硬之外，是圆润之气，气势宏大的背后，是严谨的线条和书法的规矩。草书绝非草率而就——越草的东西规矩越大。

看林怀民的《云门舞集》，尤喜《行草》。用舞蹈的形式来跳书法，美妙绝伦，那摇曳的身体化身性感的线条，他们也从怀素身上找到了光阴的证据么——我本疯狂，我本妖娆，我本无我又有我。我是通天近地通光阴近自己的草书。我是淋漓尽致之后的静水深流。李白和怀素，精神上的DNA是亲人，是接引了灵魂的恩人。

李白说张旭老了啊，看你了啊少年怀素。同为草书大家，"颠张醉素"，张旭有张旭的好，酣畅淋漓中，能见人世间喜怒哀乐，怀素更像是一场前卫的舞蹈——他的前卫，越经过时间淬炼越前卫。

唐代有了李白和怀素，更多了宇宙洪荒况味。我无法想象一个缩手缩脚的唐朝。

对怀素影响很大的第三个人是颜真卿。

我一直想写颜真卿。一直不敢下笔，也舍不得下笔。连想一想这个名字，心里都起敬意，仿佛天地之间都起了敬重——有些人硬生生活成标杆、尺度，一想起就动容。

他的字就是他的人，他的人也是他的字：耿直、大气、庄重、肃穆、郑重、礼仪、民族气节……活成颜真卿累啊，名垂青史也累。每每去西安碑林，在颜真卿的碑前都出不来气，过了一千多年，仍旧那么凛凛。

怀素和颜真卿学书法。

那时怀素已35岁，来长安与颜真卿论书学书。颜真卿把"十二笔意"传授怀素：平谓横、直谓纵、均谓间、密谓际。

素曰："吾观夏云多奇峰，辄常师之。"其痛快处如飞鸟出林，惊蛇入草，又遇坼壁之路——自然。真卿曰：何如屋漏痕？素起，握公手曰：得之矣。

颜真卿问怀素草书心得，怀素说，观夏云发现变幻莫测，或如飞鸟出林、惊蛇入草、平原走马，美妙无声，墙屋裂纹和屋漏痕都浑然天成。颜真卿知道，怀素不再是野狐禅，已入化境。

怀素从颜真卿处得了规矩和正气，从李白处得了狂气和山河意气，从陆羽处得了茶气和江湖气……怀素成了唯一的怀素，又有猛火又有文火的怀素，饮茶汤吃鱼的怀素，老僧无戒的怀素，在长安不入常流的怀素。在声色犬马之内，又在声色犬马之外的怀素，如何能不爱怀素？

越活越轻松的半年后，我把闲茶对明月清风，也对酒当歌，也人生几何，喜欢又丑又老又拙朴的东西——器皿、书法、画……与远在大连的"小泥土"通话，说到怀素，她说怀素好啊，一脉天真里全是真意，狂草里都是日月星河。

《食鱼帖》更好，有鱼味儿。不从书法的角度看，尽是禅意——久病之中，深感不便，我吃个鱼还遭非议？

行文如此，流畅饱满，线条如山，性感跌宕。长安米贵，白居易说居之不易，怀素也居之不易，何况常流之辈多，所以就写写《食鱼帖》。怀素62岁病逝于四川一个寺院中，不知他归去之前是否想食鱼？

《食鱼帖》中，是有大禅意的。

我也食鱼，爱各种鱼。尤喜徽州的臭鳜鱼，晾晒了发毛了，有了菌和臭味，慢慢用时光发酵，再佐以小米辣椒和青椒。我每次可以吃一条，尤觉不满足，觉得那臭鳜鱼中，有怀素《食鱼帖》的味道。

近几日大雪，下得紧。一个人去郊区的山中走，更觉有寒意。纵横的山壑中，生出很多阔大的恐惧来，忽然看到山峦中有云流淌，一时想起怀素来。

"忽然绝叫三五声，满壁纵横千万字"，这也是夸怀素的字，他的字超越了时光和宇宙，直直地杀进人心。

我开始听裘派，看花脸。孟广禄唱《将相和》，裘盛戎唱《锁五龙》，盖世之气中，却听出了千年前的怀素之味。

写完《食鱼帖》，我去超市买了鱼，一条鲜活的鲤鱼，又买了家常的水豆腐。我煲一锅鱼汤豆腐，然后看着怀素笔下的《食鱼帖》，今天的鱼汤，肯定滋味好。

怀素《食鱼帖》

《食鱼帖》亦称《食鱼肉帖》。钤有"希字半印""军司马印""赵氏子昂""项元汴印"等鉴藏印。帖前有米汉雯所题"翰珍"为迎首，前隔水上有项元汴手书"唐怀素草书食鱼帖"小字。标志了怀素中年至晚年的笔法。

呦 呦 鹿 鸣

亦魔亦妖亦幻真

有一天深夜和书家聊到王铎，他忽然慨叹："王铎超迈雄奇的行草书，其实是最前卫的现代舞，那里边的恣肆狂野、纵横跌宕、出奇迷离，是最快意的前卫，怪不得林散之称他'自唐怀素后第一人'。"启功先生温文尔雅，也称他"觉斯笔力能扛鼎，五百年来无此君"。

此君啊。此君是藏了几十年的大红袍，苍劲霸道，在张弛有度间力道千钧。此君还是老酒一坛，淋漓畅快，笔势奔腾着千军万马，字字有故事有来历，似埋伏在时光河流中的故人。而在王铎手下，下笔如下蛊。似大将用兵，"临敌万人，旌旗不紊"。王铎的一生，也活成了丈二书生，酣畅淋漓之外，是肝肠寸断的"贰臣"之名。

在我少年时，大抵以单纯的好人坏人来区分世界的好恶。这样的"贰臣"是为人不耻的，甚至，我们会诋毁他的艺术。

中年后，我们慢慢对"好坏"有了新的认知与判断——哪有绝对的好与

叁

坏？单纯的好人也可能会有缺陷，极致坏的人也可能有仁慈善良的瞬间。而我们所认识的完美有时恰恰是不完美，恰恰是有缺陷的不完美更袭击我们。比如屋漏痕、病梅、太湖石、残雪、有癖好有个性的人。

比如涨墨。

就像我中年后欣赏了理解了王铎——在大时代的滚滚泥沙下，谁不是一粒尘芥？又奈何又奈何？他不过是一介书生，不过是降清的几十万分之一，我一度也以为书品人品紧紧相连，但艺术会超越一切。

多少年以后，无以计数的书家在学王铎，甚至忘记了他的"瑕疵"。那是时代的烙印，他有，赵孟頫有，很多在大动荡时代面临改朝换代的人都有。所以，我从容地忽略了他的"贰臣"。

我只看书法本身的出神入化。（突然想起胡兰成。有一天和杨沐涵聊起胡兰成，我说胡兰成只是小小搞了一下文学便把张爱玲迷死了，文学是他的十分之一，他还有宗教、哲学、科学、政治、军事……）王铎身上的复杂性让人心生眷恋——他降清后的书法是有情绪的，是无奈和忧伤的。每一个文人骨子里都有清高和傲骨，我深信王铎也不例外。

那涨墨之中，残缺之美浩浩荡荡，不由分说就开了宗立了派。

那是在多年之后，审美提升了才能欣赏的残缺。

涨墨其实是败笔。天寒地冻用宿墨写往往笔滞，王铎懒，王铎加些水凑合，于是宣纸上出现了墨洇，居然有了抽象的飘逸之味——看似败笔却成了艺术。

梅兰芳和叶盛兰先生演《白蛇传》《断桥》一折。梅兰芳演的白素贞对许仙又嗔又怪又恼，于是用手指头戳了一下叶先生演的许仙，不成想力气用大了，叶先生倒在地上，梅兰芳先生又趁势用水袖一搭扶了起来，虽然是失误，引来满场好，居然成了经典——现在戏曲演员演《白蛇传》，都要用力戳倒再扶起许仙，这是艺术之美。

王铎的涨墨往往让人想起内心有郁结的人——不是那么痛快舒意的人生，但王铎的书法中一直有绝望的快意。一个直逼"二王"灵魂的人，在"二王"的飘逸中提炼出书法的意象，开创了王铎的书法。他是"似与不似"最好的典范，有人学了一辈子"二王"，始终在"二王"的阴影下，没有自己。而王铎50岁以后，就是他王铎。

在明之际，他没有像黄道周和倪元璐一样与国同亡，也不像傅山拒不出仕守清白。他选择了与滚滚红尘为伍——万事不如杯在手，百年几见月当头。所寄所托，唯有书法——心中的失意、郁闷、绝望、颓废、种种不能说……有时候活下去比死去更艰难。

有时候年龄真是最好的馈赠——我们明白了很多艰难。敬畏在沼泽中挣扎的人。他挣扎之后，又把书法做成一朵花别在岁月衣襟上。我们从他挣扎过的痕迹中看到活着的艰难。

尤喜王铎自身的生命能量，像一场核爆炸，风樯阵马、殊快人意，那魄力，自带天地大气场。丈二书法和大字自王铎起，雄浑天下。

降清后的王铎，恰恰有了书法和艺术上的百感交集。这种百感交集于艺术家是多么必需。一个一生荣华富贵衣食无忧，精神上没有受到重创的人，是无论如何在艺术上没有高度、强度。

恰恰是，一个人经历了万千坎坷、无限江山、凄风苦雨、万般悲欣，恰好他又是艺术家，那么，他将在艺术上永垂青史——因为艺术从此被赋予神旨一样，秘而不宣的邪恶，包括精神强度和坚硬的密度。比如苏轼，比如黄公望，比如王铎。王铎的字中一辈子找不到"富贵"之气，那是属于沈周、董其昌的，他的字中，有悲愤和泣诉，有破阵之声，有缭绕难言之势，有耐人寻味的不得已。

还有无可遏制的生命能量和猖狂。

哦，猖狂。这样美妙的词语必须用在王铎身上。他的爆发力，他的原创力，他的前卫，他的丈二、涨墨、他超前的意识，是别的书法家望尘莫及的。

但，他没入化境。

有一次和书家京闻聊天。他慨叹："才60岁，去世太早了，假若再给他十年，他70岁的书法会进入'化境'，进入'化境'的人太少了。""人书俱老"太难了，长寿且不失创造力，像齐白石晚年的泼墨荷花，像俞振飞80多岁唱《游园惊梦》时没板没眼，但王铎没有等到。

他的黄金时代，是50到59岁，是"泰山不可挡"和"月涌大江流"。是用书法和天地光阴对话，是带着生命厚气和时光对抗，在纵横捭阖之间，完成了惊艳惊幻和真气，那种情绪跌宕和雄壮奇伟、浑厚华滋，前无古人后无来者，火一样的生命，在飞沙走石的流言蜚语中尽兴飞扬。

欣赏王铎书法，实在不需要平心静气，喝了烈酒或老茶，一人饮酒，边看边击掌——有多少人一生一帆风顺？一帆风顺可有意思？看到那生命深处的哀号和痛泣，原来你也有过。

他同时代的书家傅山先生这样评价他："王铎四十年前，字极力造作，四十年后，无意合拍，遂成大家。"无意合拍，五十自化，这是打通了他自己书法的"任督二脉"和"小周天"，那些一辈子规规矩矩写字的书家啊，那些不敢越雷池一步的人啊，快来饮王铎的"猖狂"，喝下去，野起来疯起来狂起来。

而无意合拍是多么高的艺术之境，无论任何艺术，无意合拍才是最有生命力的节奏。

写完王铎，我心潮澎湃，必须启开一坛多年的老酒，再泡上十年的大红袍，压压惊。

啜茶帖

都过去了一千年了，他还是这么迷人，"雌雄同体"的迷人，"笑傲江湖"的迷人，"不问西东"的迷人，他真是个迷人的人。

煮了千年古树红茶来翻看《啜茶帖》，一屋子软糯迷离的红茶气息，又放了南音听，好像一下子回到了北宋。

这篇文章刚开头，丁酉年一直企盼的雪开始飘。羞涩地下，拘谨地下。到后来，是浩浩荡荡地下，不管不顾地下，肆意飞舞地下。

面前的云竹、蓬莱松都抽了新枝。接到老友微信："今日小雪，能饮一杯无？"当然能。如果在北宋，如果天也飘雪，苏轼会做什么呢？饮酒、写诗、与故人约、啜茶……一千多年之后的我们，继续着这样的风雅。

如果我在宋代，我会骑着马找他，然后，一起喝茶品酒。

宋朝也真是个迷人的朝代。和很多文人聊天，无一不喜欢宋朝——那是个对文人极其宽厚，甚至宠溺的朝代，那是中国人集体

叁

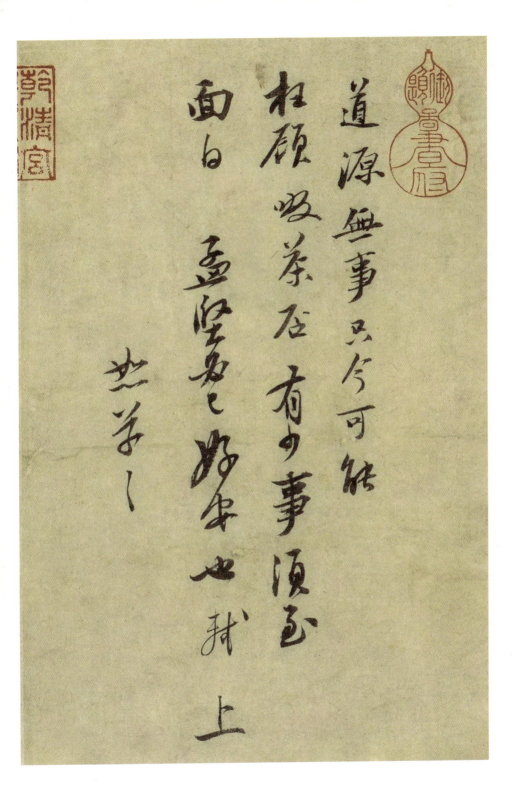

道源無事只今可能
杜顧喫茶在有少事須至
面白
孟堅者已然安也軾上
必草

审美抵达巅峰的朝代。

尤其苏东坡。

一日听毕飞宇老师谈苏东坡，他说："也只有一个苏东坡了，就那么一个苏东坡。再无二人。他出现在中国文化最丰厚最有意蕴的一个朝代，他一个人的命运和艺术成就都是唯一。"

很多男人迷恋苏东坡。林语堂是其中之一，他洋洋洒洒写下《苏东坡传》，评价自己心中的男神，是一个不可救药的乐天派，一个伟大的人道主义者，一个百姓的朋友，一个大文豪，大书法家，一个工程师，一个假道学的憎恨者，一个瑜伽术的修行者，佛教徒，巨儒政治家，一个皇帝的秘书，酒仙，心肠慈悲的法官，一个月夜的漫步者，一个诗人，一个生性诙谐爱开玩笑的人……多迷人啊，说不清的迷人，综合的、立体的迷人，男女通吃的迷人。

男人们迷苏东坡，女人们也迷——其中包括我。他让人着迷是不分性别的，他也是雌雄同体的。他在最好的经度、纬度、深度、宽度、长度里纵横驰骋。

也只有那么一个苏东坡了。李白少了他从政时的指点江山，杜甫少了他的幽默旷达，白居易少了他的纵横捭阖……

稍微打开他任意一面，都是巅峰，都让同代或后代的人望其项背。

诗词，千古流传，随便一句便是经典——拣尽寒枝不肯栖，寂寞沙洲冷……大江东去浪淘尽……十年生死两茫茫……一蓑烟雨任平生……也无风雨也无晴……明月几时有，把酒问青天……

书法。《寒食帖》。中国"行书第三"，就那样生生地成了标杆、尺度。

美食。从东坡肉、东坡肘子、东坡壶到东坡茶——历经了坎坷生死、大难，依然葆有着对生活最大的热情，丝毫不减——每到一处都会发现或发明最好的美食。

从政。官至高位，与宰相王安石一争高下，虽四处流放，不失品位、格调——苏轼也是中国官员中最阔朗达意的一位。

深情。对他爱过的女人用情至深，无论王弗、朝云……不思量，自难忘。

中国男人想活成苏东坡，中国女人想嫁给苏东坡——这是一个艺术家酒后所说，我只想和苏东坡当邻居——我爱喝茶，他也爱喝茶，闲了无聊了，就坐在一起喝个茶聊个天扯扯闲篇，哪有那么多惊天动地。传说苏东坡酒量一般，嗜茶如命。

宋代煎茶尤胜。我们现在的泡茶方式自明代开始。宋代煎茶什么样？很多茶艺都表演过，我也喝过——我没喝出宋朝的味，因为宋朝有苏东坡啊。

东坡的书法名帖多，尤《寒食帖》为最，但我挑了《啜茶帖》，因为觉得这个帖更多了人间情意和对茶的热忱，苏轼一生起落，但对茶的钟爱，未曾减弱一分，他写过的茶诗是心头好："从来佳茗似佳人"啊。

夜晚办公要喝茶："煮茗烧栗宜宵征。"睡前要喝："沐罢巾冠快晚凉，睡余齿颊带茶香。"写诗创作更要喝："皓色生瓯面，堪称雪见羞。"

还有一首茶诗说明了他对火和水的讲究：活水还需活火烹，自临钓石取深情……

煎茶，成了他抚平心灵褶皱的方式。

我最喜欢的是这句："休对故人思故国，且将新火试新茶，诗酒趁年华。"

茶书里看伴随了苏轼一生。茶滋润了他，熨帖了他，让他在不断绽放的过程中有所依有所靠，茶禅一味，在茶中他得道，他成仙，他成为千古传奇。

最动人的莫过《啜茶帖》。

宋朝的饮茶帖很多，宋代的艺术家（尤其书法家）几乎都嗜茶。苏黄米蔡，无一例外。

有一天，苏轼、司马光斗茶（在宋代，好像有事没事就斗个茶，是雅事雅趣，也是文人之间的一种生活美好的较量），苏轼白茶胜出。

司马光说：东坡有趣啊，茶白墨黑，茶重墨轻，茶新墨陈，你偏偏喜欢这两样东西。

东坡说：茶香、墨香都是香啊，是有滋有味的香。这个滋味，读书人都喜欢。

苏轼有《啜茶帖》，黄庭坚有《奉同公择尚书咏茶碾煎啜三首》，米芾有《苕溪诗帖》，写他以茶代酒的故事，还有蔡襄的《精茶帖》。在宋代，斗鸡、斗茶、焚香、弹古琴、画扇面——宋朝的审美达到了中国审美的巅峰，那淡淡的雨过天青色仿佛就是宋朝的颜色，皇帝亲自任书画院院长，带领他的臣民用最清雅高级的审美手绘他的千里江山。

最会喝茶的，当属苏轼。

"啜"这个字好，好长时间我都在想这个动词的丰富性。因为到福建后，几乎每个人都在喝茶，都在"啜"。前年，我去武夷山，在山顶喝肉桂、大红袍、水仙……全是在"啜"。

我"啜"得不好。

啜茶要吞入口中先不能下咽，慢慢回味，在喝的时候发出"咻咻"的声音，这个声音福建人发得好。这种方式能让茶汤迅速吸入口中，让茶汤呈喷雾状散发在舌尖的味蕾上，偷得浮生半日闲，啜茶三杯忆适闲。

"啜"其实是吸食，混口空气发出动人响声，如同音乐，如同茶在舌尖上跳舞，让这一口茶激起所有的想象和热情。

请看这动人的《啜茶帖》。

格外亲切的小纸条。或者说，给对方发了条微信：道源兄，闲着也是闲着，来喝茶聊天啊，顺便我们讲一些只有当面才能说的事情，你儿子孟坚如何？想必一切都好。

简直有家长里短的快意。

这种快意和烟火气，在苏东坡身上荡漾着，一生都有。

『道源：无事，只今可能枉顾啜茶否？有少事须至面白。孟坚必已好安也。轼上，恕草草。』

172

㊂

这是公元1080年的小便条，千年前，我们的古人是多么有情趣，要喝茶、写诗、作画、斗茶、泼墨……

还有他墨迹中的精神，用墨丰腴，自由挥洒，风神萧散，他早年学"二王"，中年以后学颜真卿、杨凝式，形成飘逸空灵又高古的文人字，形成了文人字"苏体"。而写《啜茶帖》绝非是他闲适得意之时，而是被贬到黄州之后——这恰恰是我最敬畏苏东坡的地方——无论光阴和生活如何严厉，甚至无情相剥，他仍怀着赤子之心打理每一秒。

管他呢，吃茶。

那天他和道源什么时候见的面，哪个时辰啜的茶，又聊了些什么八卦，我们不得而知。但我清楚他对茶疯狂的热爱，他为了煮好茶，去江中取活水，茶水沸开，人眼所见，是乳浪飞旋，而耳边是松涛阵阵。我在南禅寺和佛光寺啜过茶，听过松涛，是丁酉年七月，午夜时分，大殿之下喝茶听松涛。简直是世上最好的声音。

"大瓢贮月归春瓮，小杓分江入夜瓶。"以月色为茶饮，注清江水入瓶，浪漫又深情的苏轼，用一生来给我们惊喜——他的一生是别人的几世。

他谪居宜兴蜀山时，设计了一种提梁壶"东坡壶"，煎茶时，茶美、水美、壶美，缺一不可。我闲暇时谈《布衣壶宗——顾景舟传》，看大师做壶，就是文人气十足。茶道自唐宋到巅峰，日本僧人把茶道带回日本传播，中国唐宋时期的煎茶、抹茶至今在日本盛行。

不知道有没有提梁壶？

苏东坡在茶中的诗意足够分量："雪沫乳花浮午盏，蓼茸蒿笋试春盘。人间有味是清欢。"他的清欢太多，他心中热爱的太多了——有一次他写信给好朋友陈季常，看上人家的茶臼子，于是大年初二就迫不及待写信去，让这边的铜匠打造一个同款，或者有人去福建买一个来也好。

我真喜欢他迫不及待的趣味。

每每我也这样。看到好的器皿要问人家哪里购得，然后一家家去淘去找，对细节和生活的热忱从未停息。

算来已收集几百只茶盏。去世界各地也是买茶盏，什么茶要配什么样的茶盏——倒也不是非要这样，但这样了觉得妥帖而舒适，如果再有一两知己，便是人生大幸。

他与弟弟仕途不得意。终于有一天得见，在一起喝禅茶。

"年来病懒百不堪，未废饮食求芳甘。

煎茶旧法出西蜀，水声火候犹能谙。

相传煎茶只煎水，茶性仍存偏有味……"

他一生爱煎茶，到晚年流放到海南，天涯海角，饭都难以果腹了，仍然在煎茶。

《汲江煎茶》就是这时候写的。

"枯肠未易禁三碗，坐听荒城长短更。"

这是茶之味，也是人生况味。

煎茶的流程非常朴素：一只大碗或大盂，置于火炉上，烧开水，投进干茶，再沸，可以喝了。

茶人时延延煎茶煎得好。

那时的茶叶不是散茶，是茶饼，把茶去青味，茶饼放下小块，碾成粉末，筛细，再到沸腾的水上煎煮——有一点点似煮粥，如果在唐代还要放上各种佐料：花椒、八角……更像粥。

去年在潮汕买了提梁壶和红泥炉，又置办了炭火，开始学习煎茶。味道居然有些宋朝味道。

临了几遍《啜茶帖》，下笔也想苏东坡。苏轼握笔是"倒卧笔"，他的学生黄庭坚把他的书法分了三个时期：早、中、晚。早期姿媚、中年圆劲、晚年沉着。《啜茶帖》是中年之帖，用墨丰满、骨力洞达，正是"无意于佳而佳"，似是谈啜茶说起居日常，看似漫不经心全是意味，丰秀雅逸之余，是中国文人的骨力和沉着冷静之气，却又怀着别样的深情。

这样的帖，更苏轼。

雪依旧洋洋洒洒地下。"晚来天欲雪，能饮一杯无？"恰似今日禅意。

老卢提着存了 15 年的老酒，我们去"蒸膳坊"喝酒吃饭，席间有大书法家胡立民和袁爱民说起苏轼。他们说：苏轼，这样的天气也会吃茶吃酒，一定的。

我吃完了酒，又啜茶。茶在我舌尖上藏着宋朝之味，简直是妙不能言。

> ### 苏 轼 《 啜 茶 帖 》
>
> 《啜茶帖》，也称《致道源帖》，纵 23.4 厘米、横 18.1 厘米。是苏轼写给友人道源的一则便札，其书用墨丰赡而骨力洞达，落笔如漫不经心，而整体布白自然错落，丰秀雅逸。

寒
食
帖

"自我来黄州，已过三寒食。年年欲惜春，春去不容惜。"

这一年，是苏轼人生的低谷。流放的中年，满目的疮痍和狼狈。再无少年得意与官运亨通，心里面全是苍绿与难堪，每条小径全是萧瑟与幽深。

更与何人说？且付与纸墨吧。

苏东坡，也到了书法的一派苍茫和平淡天真之境，炉火纯青。真想回到千年前，就陪着他在黄州，在一场场苦雨里，在萧瑟荒凉中，看红如胭脂白如雪如何坠落泥污。"今年又苦雨，两月秋萧瑟，卧闻海棠花，泥污燕支雪。"

此时，像瞎子阿炳在大雪夜拉了《二泉映月》，你分明听到了暗哑的哭泣。声声慢，声声泣。苏轼的心在下雨，从来没有干过，他的字也在下雨，整篇《寒食帖》都是苦雨的味道。心情低落时看《寒食帖》会雪上加霜，会掩面而泣。

→宋·苏轼《寒食帖》·台北故宫博物院藏·局部

叁

自我来黄州已過三寒

食年、欲惜春、去不

容惜今年又苦雨两月秋

萧瑟卧闻海棠花污

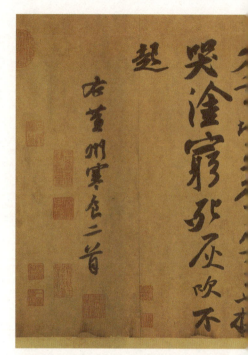

一 宋・苏轼《寒食帖》・台北故宫博物院藏・局部

萧琴卧闲海棠花淀

浮遊文雪闇中偷貧

玄夜半具有力何殊少

年来病起須已曰

春江欲入广雨势來

不毛雨小屋如渔舟濛

水雲裏空庖煮寒菜

破竈燒溼葦那

知是寒食但見烏

銜紙帋云明塞

東坡書字颓宕右軍遠天
骨意为诗黄州日兩賦後有山谷
跋嫌倒已极而謂無豪杼佳為生
老坡喻書诗云苟能通其意常謂
不學可又云讀書萬卷始通神
吴匦作點畫波磔間氣之則失
之遠矣乾隆戊辰仲和月上瀚八
日御識

東坡此詩似李太白

猶恐太白有未到

慮此書兼顏魯

公楊少師李西臺

筆意試使東坡

突然那么心疼这个男人。如果生在北宋，就和苏轼做邻居。看他写字，听他吟词，偶尔给他送碗茶喝。或者，请他一起煮茶，当然，如果在杭州就更好，如果在湖心亭就更好。

没有苏轼，宋朝会黯然许多。因为有苏轼，宋朝有了说不出的光芒。那光芒是有味道的，不扎眼，却力透纸背。

我仿佛能看到苏轼的苦笑。"闻"字像松松垮垮的琴弦，又老又苍，但一拨却发出了喑哑荒凉的腔调。九死一生的苏轼，还需要华丽吗？还需要矫情吗？侮辱、陷害、不堪、惊魂甫定。

"何殊病少年，病起须已白。"怎么从少年到白头只是一夜之间的事情呢？此时，破烂的炉灶，阴雨的天，冰凉的菜，坠入谷底的心，人到中年的不堪。凄厉之处，却到了苏轼书法的高潮。

荒凉、悲愤、凄楚、委屈、穷绝……还没有完，他56岁被流放惠州，60岁流放儋州。"心似已灰之木，身如不系之舟。问汝平生功业，黄州惠州儋州。"

然而，正是不停地流放，才让苏轼成为了苏轼。无论是诗词、书法，都成为宋朝一座别人无法企及的高峰。亦让后人追捧膜拜，不仅学他的书，更醉倒在他的人格魅力中。

在淋漓的春雨中，想念千年前的黄州。

想念那个写下《寒食帖》的男人。

那格调和滋味，恰是中国文人的写照，中国文化和中国文人，大多是秋天的况味。绝非花红柳绿大牡丹，而是墙角孤独的一

『自我来黄州，已过三寒食，年年欲惜春，春去不容惜。今年又苦雨，两月秋萧瑟。卧闻海棠花，泥污燕支雪。闇中偷负去，夜半真有力。何殊病少年，病起须已白。春江欲入户，雨势来不已。小屋如渔舟，蒙蒙水云里。空庖煮寒菜，破灶烧湿苇。那知是寒食，但见乌衔纸。君门深九重，坟墓在万里。也拟哭途穷，死灰吹不起。』

枝寒梅，在书写《寒食帖》的同时，也把寂寥和空寂写进了光阴里，这一写就是千年。千年以来，仍然是"卧闻海棠花，泥污燕支雪"。

如果我生在宋朝，我是会追随苏轼的。

哪怕，只为他煮一碗老茶。

苏 轼 《寒食帖》

《寒食帖》，又名《黄州寒食诗帖》或《黄州寒食帖》。苏轼43岁时因"乌台诗案"受排挤，贬谪黄州，郁郁不得志。寒食节，作此两首寒食诗，文词明显有悲愤感情，字里行间随着文词的不同，情绪波动，节奏有所变化，是苏轼行书的代表作，在书法史上有很大影响，被称为"天下第三行书"。

伯
远
帖

"如升初日，如清风，如云，如霞，如烟，如幽林曲涧"，这是形容《伯远帖》。后隔水上董其昌的跋这样夸它："潇洒古澹，东晋风流，宛然在眼。"

《快雪时晴帖》《中秋帖》《伯远帖》，这是乾隆"三希堂"的三宝，很多个意兴阑珊的黄昏，乾隆会一个人在"三希堂"发呆吗？对着自己的江山画卷，把玩"天下三帖"——但只有《伯远帖》有晋朝的余温，唯一的真迹，其他二帖，皆后人临摹，临得再像，亦不是原文，到底少了真味少了气息。书法的气息远比技法更重要，那《伯远帖》是带着晋人情结和温度的，有莫名其妙的气息在里面的，那种隔了千年还在的气场，乾隆是知道的。

未见过《伯远帖》真迹，但我见过董其昌、赵孟頫、苏轼的真迹。2013 年 11 月，台北故宫博物院，我被扔进一个时光的黑洞里，顺着河流和文脉往前走。我从碑帖、画册上看的印刷品，硬生生成

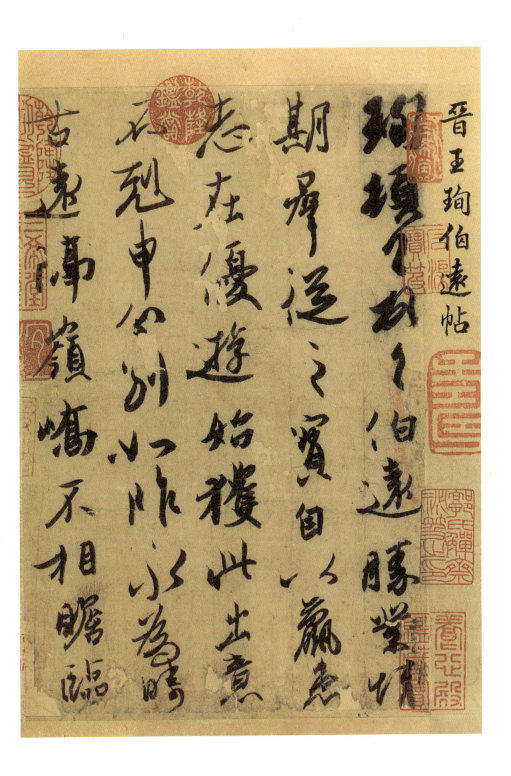

晋王珣伯遠帖

珣頓首頓首伯遠勝業情
期群從之寶自以羸患
志在優遊始獲此出意
不剋申分別如昨永為
古遠邈每嶺嶠不相瞻臨

为真实，逼仄出现。

那一刻我血液凝固，那一刻我内心沸腾，那一刻我热泪盈眶。

我羞于写出我见到真迹后的泪水，但那天我的泪水证明了，千年文字的气场，它们夹杂着时间的令箭射向我，我被击中了，不能动弹了，那是看印刷品远远没有的感觉。书法中的每个字都阴魂不散，在遇到对的人时会让她魂飞魄散。

"伯远"是一个人的名字，据传是王珣的堂兄弟，王珣是王羲之的侄儿。王家每个人都是书法家。我亦姓王，我爷爷写书法，父亲写书法，我也写书法。

很多事情都是天意。就像《伯远帖》有远意，像荒寒路上的雪霁飒飒，又似一款六堡古茶，一边想念着家里的亲人一边喝。

颜真卿《祭侄文稿》是写给侄儿……我亦有侄儿，貌英俊，但不思进，往往被家人呵斥，他却一心一意对我好，劝我老了回家乡去住，他必开了车接我，还带着媳妇儿孩子……我听了自是感动，但又为他前途渺渺着急。他也只是笑着说人各有命，侄子不知道这些手帖，但侄子说：姑姑，如果有人欺负你，我定会打断他的腿。

那时，我正翻看《伯远帖》，心里突然一热。

王 珣《伯 远 帖》

东晋书法家王珣怀着痛切心情与人倾诉的一封简扎。此帖与陆机《平复帖》为现今仅存的两件晋代名人法书。

叁

执手帖

　　小雪，这样的节气适合泡一壶老茶，煮一壶梨汤，点一炉香，在黯然销魂的老戏中临旧帖。

　　北风呜咽，忍冬红成了一片，像一场惊心的爱情。落了薄雪的忍冬被我折回来插在汝窑的瓶中。鲜红的小果子配上低调的淡青色，是低回婉转的美。

　　我几乎提笔忘字。有一种老了要落泪的沧桑，从早晨煮燕麦时就被深情和绝望袭击了，我在临王羲之的《执手帖》。

　　短短几句，令人热泪盈眶。写第一笔时就落下眼泪——人至中年，眼窗子突然硬了，不那么爱落泪了。心也硬了，比不得年轻时张狂孟浪了。前几日骄阳去蹦极，让我也去，说老了就更不能了——很多事情是越老越不能了，像不得执手，像此恨何深。

　　魏晋时期，像吃了春药和兴奋剂的朝代，300多年，动乱、杀伐、血污、感伤、任性、隐逸、战乱离散、大雪纷飞，任何人在历史

『不得执手，此恨何深，足下各自爱，数惠告。临书怅然。』

的潮流中无法挣脱，随波逐流。

多少人流离失所，多少人朝不保夕，多少人稍纵即逝……然而，每当一个朝代濒临灭亡，恰恰是文化发酵繁荣到极致的开始。魏晋也不例外——近两千年过去了，魏晋依然被挂在文化人的唇齿之上。

鲁迅说："因为他们生于乱世，不得已，才有这样的行为。"他们"嗑药"，他们放荡，他们不知生死，他们将人性展现得淋漓尽致——既然一直黑暗，为什么不让人性的光芒灿烂到更黑？

所以有了中国的美男子潘岳！那真是一个对美十分认同的朝代啊，有了上断头台还要弹《广陵散》的嵇康，有了"山水诗人"谢灵运，也有了"书圣"王羲之。

毫无疑问，我最喜欢王羲之。

他的无奈、他的深情、他的绝望、他的欢喜，我在中年后，感同身受。

他的每一个帖，都是对光阴和生活的大深情——不负责道德教化，不负责中规中矩，不负责山高水长美轮美奂，但是，恰是这些手帖，每帖都贴着我们的背，都连着我们的筋。

《执手帖》尤深情。短短二十个字，写下心里面最深的深情，是无数声叹息，夹缠着爱过的烟尘，是红尘中最无奈最悲情又最深情的你啊，无法在身边长相随。

此帖，书法的技巧甚至可以忽略。不是王羲之最好的草书，从书法的意义来讲，远远低于《兰亭序》。

然而，我偏爱《执手帖》。

隆冬，一个人净了手看此帖，心脏疼啊。我特别想去找王羲之，这个一千多年前的古人，问一问他，是什么样的爱情让你写下这寥寥几笔，就令人肝肠寸断？有人揣测是友情，哦，不，我不信。在王羲之的背后，有这样

叁

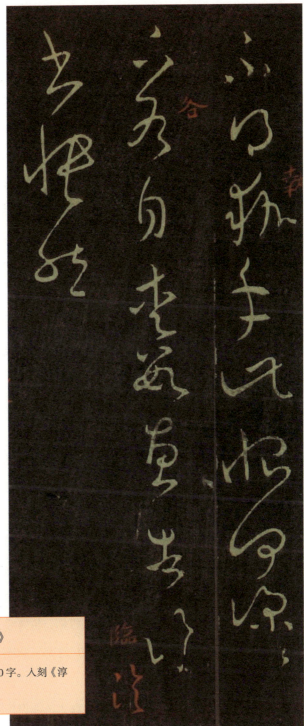

王羲之《执手帖》

　　王羲之草书，3 行，20 字。入刻《淳化阁帖》。

一个女子，我们无法揣测她的相貌、体态、人品、神姿……只有一点我能肯定，这是被王羲之深爱着的女子。

然而，他们没能在一起，原因并没有写，也不重要了。人世间所有离散也许就是一个刹那，就这一个刹那我决定爱你了。这一眼就定了终生。就这一个刹那我放弃了，我不再心动了，再见了亲爱的。

可王羲之还在深爱着，为不得执手绝望着惆怅着，然后说：此恨何深。此恨何深好啊，是对不能爱的叹息与绝望，是不能与外人道也的秘密。此恨销魂，此恨绵绵。前几日我去国家大剧院看昆山派《长生殿》，真乃此恨绵绵。为了博取玉环一笑，单骑千里运了荔枝来。两个人在长生殿里窃窃私语，以为爱着就是永远，千古的爱情也难脱逃"此恨何深"。

当有一日玉环香消玉殒，唐明皇对着玉环木雕哭泣，我眼眶亦湿，从此阴阳两隔，足下各自爱——那曾经爱过的时光烫人啊，连回忆里的余温都烫人，被惊醒的午夜总是泣不成声。然而，人家都在你不在，然而，每次醒来，你都不在。

这是李隆基的怅然，比王羲之还要多，因为是生死永诀。王羲之的爱人还在，所以他说："足下各自爱。"所以他"临书怅然"。不过是怅然，还没有到生生死死，从此天各一方吧，你多保重，我也多保重。

在那样的乱世，转身就再也见不着了，但春天那棵樱花记得，夏天的莲记得，秋天的松记得，冬天的雪记得。真心爱过的人，从来不会忘记，也不会被岁月亏待，一个线索，就能引爆所有记忆。

仿佛每一秒都可以拆成十万段来想你，仿佛那十万段有十万朵玫瑰在盛开，仿佛那些不得执手和撕心裂肺的思念都复制成了亿万份，在黑夜中扑向你。此恨何深。

恨呢，生把鸳鸯两下分；恨呢，此生不能再相见。王羲之的"恨"看似平静，实则是滔滔江水，瞬间淹没。

丁酉冬十一月，每天去对面正骨按摩，风大，一个人凛冽地走着，吹到脸上生疼。许大夫 40 岁，孩子才 1 周岁，老婆站在他旁边笑嘻嘻地看着他给我按摩。外面风大，更显得十平米的小屋温暖如春。

我们慢慢聊天，女人说："他每天让我陪着他来，还抱着孩子。"

许大夫就笑："不是怕你们娘俩闷吗？"三口人就那么说着闲话，有时喝茶，有时嗑瓜子，是惊天动地地"在一起"。

我的父母年逾古稀，一人养一只猫。母亲背着猫上街，父亲守着猫弄电脑，算是人间的天长地久，没有此恨何深。

风是等了男友 20 年又重逢的人，终于在一起了，她说：没有他的那 20 年，我一直靠爱情这个念头活着。她怀孕的样子真好看，在冬天的暖阳下分外柔美、镇定——经历了风雨的爱情更坚贞不渝。

丁酉，小雪，不停翻看《执手帖》，泪水盈目，舍不得拭——有时候人生因为这些不得矣，夹裹着时代的气息，一步步走向未知，而在魏晋，每天生死如黑暗，王羲之仍然被爱情袭击，写了《执手帖》——哪怕明天宇宙洪荒，哪怕冬雷震震夏雨雪，或者我已经不在，我还是要告诉－你：不得执手，此恨何深。

我一个人走向风雪。风雪战栗，千年之后，有人想和王羲之喝杯酒，告诉他此恨何深，走在小雪中，独自眠餐独自行。

足下各自爱，临书怅然，与时光窃窃私语，千年之前和千年之后，我们怀的是一样孤独而绝望的心。

天已寒凉，君请加衣。

儿女帖

丁酉隆冬，北风呜咽。母亲打电话来，说是托乡下的二舅母给我磨了玉米渣，可以熬粥喝，又说是用石磨人工磨的。让左邻右舍都来喝。我已人至中年，母亲都当我是孩子，海样的深情和明亮一直交付，她有魏晋时期人的风度，宽阔的胸襟和大义，有时倒不像个女子，如果生在魏晋，能和王羲之成为朋友。

王羲之的帖极多，我对《儿女帖》情有独钟。仿佛看见了日常的真情和家长里短，也能确切感受到那动人的父爱，让《儿女帖》有了动人的温度与光泽——原来那样的大书法家也这样七情六欲，可亲可怀。

读完此帖，能感受到王羲之的幸福感和满足感，一个普通人子孙满堂的满足感。七儿一女，算是多子，十六个子孙，算是多孙，八个孩子皆是原配郗夫人所生，唯一未

『吾有七儿一女，皆同生。婚娶以毕，唯一小者尚未婚耳。过此一婚，便得至彼。今内外孙有十六人，足慰目前，足下情至委曲，故具示。』

婚者是王献之，这些子女和孙子足以让王羲之欣慰了。

众所周知，"东床快婿"这个成语是指王羲之，郗鉴想给自己女儿选女婿，想在王氏家族中挑选，别人都打扮得风流倜傥，唯有王羲之袒露肚皮在东床——一副艺术家应该有的样子，却偏偏被选中了——大概只有与众不同才能更招人眼目吧。王羲之的夫人郗璿也是才女，嫁给才貌双全的王羲之自是夫唱妇随，八个孩子俱不俗气，得了王家真传，一身的才情与傲骨。《儿女帖》写得疏朗大气，开合分明，充分体现了王羲之草书章法之丰富，而我更读出了一个老年男子对于儿女成群、共享天伦的得意和富足。这才是真正的人生赢家。艺术家孤独终生者多，八大山人、徐渭、王雄，他同时代的嵇康、阮籍……多以孤独相生相伴，哪有这花开富贵、子孙满堂、寿终正寝？

王羲之活到了艺术家的完美与极致。

同为女性作家，有时真为张爱玲感慨，半生飘零，风烛残年之际，除了病一无所有，住的地方除了纸袋子一无所有。她也是女儿，却得不到父母的爱，一生凄苦。母亲黄逸梵是独立之女性，一生浪迹天涯，临终时将自己最珍贵的一箱东西留给了张爱玲——张爱玲会心疼吗？会珍惜吗？多年的一个人生活，她已把自己锻造成了钢筋铁骨，被大时代夹裹着，从贵族沦落到美国的小旅馆中，那个戴着明黄眼镜、梳着爱司头的女人，最不相信的一定是亲情——她抽大烟的父亲，虐待她的继母，浪漫了一生顾不上她的母亲。有时候想想，大概一个人与父母的因缘也是前世的因果。

朋友 A，每次谈起父母亲人，都是一种淡然的表情。她说："反而不如朋友来得亲，和我最亲的人，都和我没有血缘关系。"

一代宗师裴艳玲也是，父母缘薄。

我先生的爷爷奶奶便是传奇，两个人 18 岁结婚，生了五男二女，相亲相爱了一生。爷爷 92 岁去世，奶奶活成百岁老人。五男二女又生了很多子女，子孙加起来几十个。奶奶去世时，子孙们跪在灵棚前，我算新媳妇儿，只看到黑压压一片人群，根本望不到边。老人百岁离世，其实是喜丧，请了很多唱戏的，糊了很多纸人纸马。大儿媳妇已经80岁，扶着棺木哭还要人搀扶，我婆婆是二儿媳妇，我与弟妹搀扶着，婆婆也74岁了——忽然想起王羲之的《儿女帖》，生出特别大的感动。王羲之离世时也一定如这般隆重，子孙跪倒一片，穿着麻衣孝服哭倒，看上去白压压一片。年少时，我总觉得艺术家应该孤独，甚至带着潦倒的意味才更打动人心，比如梵高，比如莫迪利阿尼，比如八大山人。但中年后，我彻底颠覆了这个看法，我想活成王羲之，有艺术成就，且花开富贵，且子孙满堂。

那是几世修行方得来的圆满。

闲暇时还和老公爹聊天，他一直坚信家里风水好，祖祖辈辈出的都是读书人和做官的人，女人是不能进坟地的，但公公说："阳宅风水极好，是旺你的。"我听了便生出温暖与感动，荫及子孙的"阳宅风水"，让先生家人才辈出，成为当地的望族。

"昔别君未婚，儿女忽成行。"同学聚会，忽然发现儿女们都大了，彼此问一下孩子在哪里，他们像我们初识的年龄，他们正是春风少年。

大概儿女总会成为一生的牵挂，心心念念的总是他们。父母对子女的担心和爱，远远超过儿女想念父母。从古至今，历来如此，有了儿女的人，永远有卸不去的一副担子。

在上海见过秦怡老师，满头的银发，依然动人的姿态。然而她却被儿子拖累了一生，智障的儿子无法照料自己，80多岁的她还要卖命挣钱，就是为了给儿子治病。就那么挣扎着活着，90多岁了还

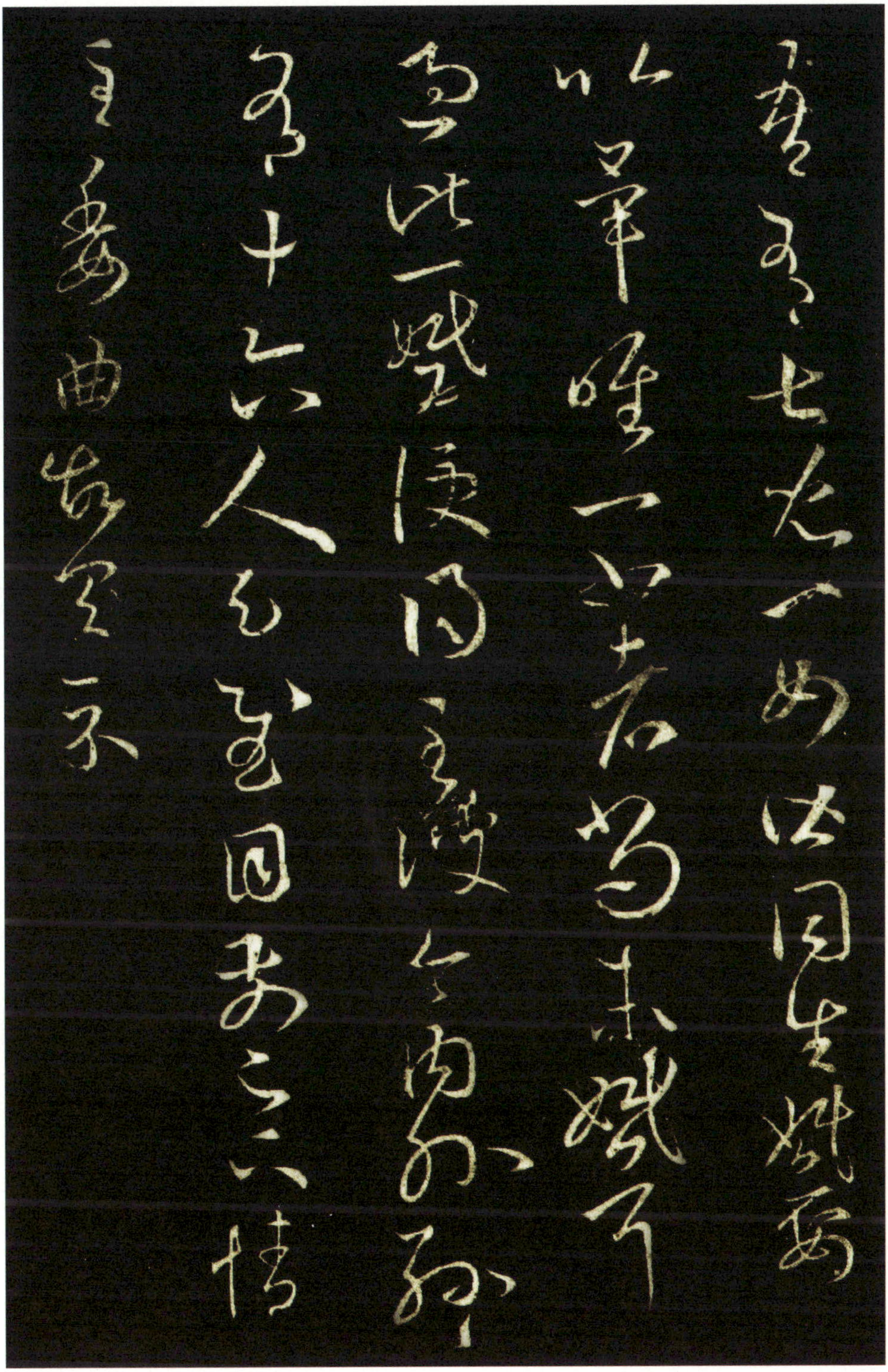

姿容优雅——儿子大概是她前世欠下的债。

读《儿女帖》时，眼睛中又有温柔又有酸楚——身为母亲，大抵能知道那些惦记、想念、牵扯，一生的挂牵。

倒忽略书法本身的技巧了，但王羲之的字劲朴、收敛、茂实、趣长笔短，九分气度里，都是一个父亲的温度。

他说等最小的儿子献之结了婚，就可以找蜀地的老朋友玩了，但他到底没有等到小儿子成亲就去世了，想想终究是遗憾的。

近来和表妹谈起《儿女帖》，表妹不懂书法，但说这七儿一女好，又说，表姐你将来一定会子孙满堂，儿孙绕膝，到时候你也写个《儿女帖》。

那时候我大概八、九十岁了，还梳着流行的发式，穿着当季最时尚的颜色，几十块的球鞋，和自己的孩子开玩笑，喝咖啡，讲戏曲，说书法，告诉他很多我年轻时的趣事。

我盼着那一天。

王羲之《儿女帖》

《儿女帖》又名《同生帖》，草书，为王羲之《十七帖》丛帖第十九通尺牍。文中"七儿一女"是指王羲之和夫人所生的子女，"唯一小者尚未婚耳"是指小儿王献之。《儿女帖》多以单字为主，气势畅达贯通。疏密错落，有开有合，体现了王羲之草书章法变化的丰富性。

韭花帖

下雨的时候，我就想到杨凝式的《韭花帖》，于是割些韭菜，然后包饺子吃。

那些花的香气，千年不散。

小时候就喜吃韭花。麦收季节，新韭花开，祖母一朵朵采了洗净，放在案板上剁碎。那碗是粗瓷的，上面绘了小鸟，碗边有细细裂纹。

过几天打碎了，来了补碗人，细心锔好补好。仍然用来盛韭菜花。

韭菜花撒些盐，再淋了麻油，夹在新出锅的饧面馒头里，香极了。韭菜的香和馒头的香混在一起，朴素加朴素，灵动加厚道，好似杨凝式的《韭花帖》。他的《韭花帖》也是有香气的，浑然天成的香气。午后三四点，读这样的帖，肚子是要饿的。春花酿酒，冬雪煎茶，《韭花帖》就

『昼寝乍兴，辋饥正甚，忽蒙简翰，猥赐盘飧。当一叶报秋之初，乃韭花逞味之始，助其肥羜，实谓珍羞，充腹之馀。铭肌载切，谨修状陈谢，伏惟鉴察。谨状。七月十一日，状。』

有这样的美意。阔疏、散朗的布白，字与字之间，行与行之间，那些留白那么从容、悠闲，却又贯穿着一种说不出的悠闲和凝盼，像余叔岩的声音，倦意之间尽是人生三昧。

听余派听馋了，就想起《韭花帖》，那有意无意的练达、空旷、闲适、萧散已经淡远——在高处的东西都有一样辽阔的气息。那是只能属于少数人的清赏。它们远离了世故圆滑，保持着艺术上的纯粹与安静，又克制又放纵。

春天，在江南腹地。杭州，苏州，徽州，在大片大片的油菜花、栀子花、绣球花、丁香花面前低眉。它们给予我芬芳，又给予心灵强度庞大的安静。杨凝式写出《韭花帖》，他的心里是有这份超强的安静的。没有这份安静和孤独，怎么能写出这样静气凛凛的《韭花帖》呢？

"世人尽学兰亭面，欲换凡骨无金丹。谁知洛阳杨风子（即杨疯子），下笔便到乌丝栏。"这是北宋的黄庭坚夸杨凝式的诗。字里行间，全是臣服，但也有那么几丝不甘和嫉妒。谁知你个杨疯子，居然敢在乌丝栏中找到放纵和大自在，那法度森严呢？那乌丝栏的约束呢？他只看到空灵无比的《韭花帖》，看到光阴的好感、人间的美意，看到一粒粒珍珠在闪烁，这是一个书法家对另一个书法家的懂得。

《韭花帖》是上好的岩茶，泡上一壶，就着下午的雨声，闻着厨房传来的韭香，想着一个人，念着一个人，就这样慢慢地品、慢慢地喝。

喝透了，那韭花馅儿的饺子也刚刚出锅，盛在银碗一样雪白的盘里，就着杨凝式的雨声，一个个吃下去。

杨凝式《韭花帖》

　　《韭花帖》是唐末五代书法家杨凝式创作的行书书法作品。叙述午睡醒来，恰逢有人馈赠韭花，遂执笔以表示谢意。全帖字体点画生动，结构端稳，风神简静，表现出入规入矩的端庄与温雅，并以精严的技巧表达出含蓄内在的文人之气。

张好好诗

张好好名字好。《张好好诗》也好。杜牧的诗和书法更好——但都抵不上"好好"这两个字好。好好是难得的好名字。

一段惆怅的爱情被写入了诗，且以书法的形式留存于世，唐朝诗人杜牧写下了停车坐爱枫林晚，霜叶红于二月花，也写下了张好好诗，这是一个美好的传奇。

这样的传奇并不多，所以，格外珍贵。千百年来，唯有爱情相同——同样的痴情，同样的热恋，同样的惆怅，同样的难以忘怀。

传说杜牧晚年，自知大限已至，于是把生前文章焚之又焚。我认识的两个人——亦是名人，就是这样。她们自知大限已至，开始焚烧照片、日记、多年的书信。不留。

不留是境界，是免得日后被人指指点点。杜牧看着火炉，看着多半手稿、诗被烧为灰烬，他已为自己写好墓志铭——在死亡面前，人是惶恐而冷静的。这样冷艳低回的告别，真像一个诗人的样子。他几乎全烧了，全烧了——然而，

《张好好诗》

「君为豫章姝，十三才有余。翠茁凤生尾，
丹脸莲含跗。高阁倚天半，晴江连碧虚。
此地试君唱，特使华筵铺。主公顾四座，
始讶来踟蹰。吴娃起引赞，低回映长裾。
双鬟可高下，才过青罗襦。盼盼下垂袖，
一声离凤呼。繁弦迸关纽，塞管引圆芦。
众音不能逐，袅袅穿云衢。主公再三叹，
谓言天下殊。赠之天马锦，副以水犀梳。
龙沙看秋浪，明月游东湖。自此每相见，
三日以为疏。玉质随月满，艳态逐春舒。
绛唇渐轻巧，云步转虚徐。旌旆忽东下，
笙歌随舳舻。霜凋小谢楼，沙暖句溪蒲。
身外任尘土，樽前且欢娱。飘然集仙客，
讽赋期相如。聘之碧玉佩，载以紫云车。
洞闲水声远，月高蟾影孤。尔来未几岁，
散尽高阳徒。洛阳重相见，绰绰为当炉。
怪我苦何事，少年生白须。朋游今在否，
落拓更能无。门馆恸哭后，水云愁景初。
斜日挂衰柳，凉风生座偶。□□□襟泪，
短章聊□□。」

《张好好诗》被留了下来。

他还是舍不得这一段爱情——一生爱过多少回，总有一回让你终生心心念念，至死不忘，至死不渝。

这才是人生长恨水长东。然而一腔春水流到了扬州，二十四桥明月夜，每一座桥都记得杜牧的风流，他也愿意赢得青楼薄幸名。

他也真是性情。大概是家道中落后的落寞，"食野蒿藿，寒无夜烛"，中落过的人都曾感时花溅泪。从前的公子沦落成被人白眼，政治上又失意，索性到青楼去，索性去赢得青楼。

那时的青楼真是最风月的地方，也是最有文化，最有品位，最有情调的一个地方。有一个老教授曾经说，中国古代的官场文化很多时候就在青楼。

高晓松讲"青楼"讲得好。

那里集中了当时最有才的女子，且美貌，且风情，且懂风月。

张好好是其中一个。

呦呦鹿鸣

当时，杜牧在扬州。张好好出场了——发鬓惊艳，少女娇羞，声震梁尘的妙喉。袅袅歌韵，一下就挑动了杜牧的心——阅人无数的杜牧，一个未娶一个未嫁，就这样一见钟情，就这样一见如故。无限风光。无限曼妙。在爱情上，他们显然是高手。

但张好好是沈传师家的家妓。家妓的命运是流水落花。沈传师的弟弟也看上了张好好，她无法掌控自己的命运，她被人纳为妾，她与君生离别。

这样的爱情，也未必多轰轰烈烈。也许只是杜牧的一小段。他转身离去，他再度去继续又一段爱情。

多少年后。洛阳。故人重逢。

他们偶遇。他大概还是不那么得意，她已从昔日乐伎沦为卖酒女。倾国倾城的佳人沦为了"当垆"女，如何沦落的？怎么如此憔悴如此不堪了？怎么穿起了潦草的布衣？那俏丽明艳的容颜呢？文人大抵无法忍受花自飘零水自流，何况曾美人如花隔云端，何况曾浅深流水琴中听，光阴如此经不起打磨，如此蹉跎，如此不堪。

他持笔写下《张好好诗》。想想那些书法名帖，敢于写爱情的少之又少。家国情怀、日常琐事、寄古怀人……但杜牧对张好好直抒胸臆了。这是杜牧的好。六朝风范，晋人风骨，涕满忧郁，仿佛可以看到那些爱情的青苔长满青春。扬州城到处是张好好的味道。

这篇《张好好诗》，一股粉红脂绿之味——诗的意义或人物的意义超过了书法的意义，人们一直忽略着《张好好诗》的书法，和诗比起来，和整个让人惆怅的爱情故事比起来，书法稍欠那么一点点，但唐朝诗人的书法能差到哪里去？而且满纸是六朝风韵，雄姿健媚笔势飞动之外，全是六朝之风，吹得衣衫乱舞，吹得张好好娇

張好好诗 并序

牧大和三年佐故吏部沈
公江西幕好好年十三始
以善歌舞来乐籍中
后一岁公镇宣城复置
好好于宣城籍中后二年

羞了脸庞。

一笔好书法，满纸流动着爱情。

词人墨客的爱情有多少是真的呢？但《张好好诗》有深深的遗憾，有风满袍、雨满袖的遗憾，是六朝那奔放自由的爱，是不遂人愿那落花流水天上人间的遗憾，低回之处，尽是寂寥。

曾经"自此每相见，三日已为疏"，曾经"玉质随月满，艳态逐春舒"，那"樽前欢娱"均成前尘往事，他泪湿满襟，他聊写一书。

张好好问他："你年纪轻轻，胡子咋白了？"这一句问，是杜牧心头朱砂，他泪湿衣襟，他心底荒凉。

这是全篇最好的一句："怪我苦何事，少年生白须？"

怎不让人掩面而泣。

一秦腔名角。年轻时美艳不可方物。众人俱捧之。十几年过去，一人多年未看她戏，跑去后台看她。镜中她已人老珠黄。看戏人含泪质问：你，你咋老成这个样子？

我听后心碎。

这句问，满是深情、心疼和无奈。

老成这个样子。老，是人皆恐惧之事，如何老，如何优雅的老，老到相视一笑江湖尽忘，真是本事。

老最怕故人相见。曾经的恋人，生死两茫茫，劈面见着了，彼此鬓已霜霜，没人能不改容颜。或许相对无言泪千行，或许只是相视一笑，小馆中久坐抽烟喝茶，一句不提沧桑。

但杜牧心软。杜牧盛不下这么大的凄凉和悲怆。红粉佳人江湖老，他"门馆恸哭后，水云愁景初"，他提笔就写，提笔就忘，尽情忘情悲怆忧郁地写下《张好好诗》。

慨叹时光流逝之无情。

那书法中藏着多年的爱恋和不舍。

更高的是，对光阴无情的慨叹和相送。

手迹中分明充满了惨绿色的忧伤。这阴郁之气久久不散。

据说张好好闻听杜牧死在长安，悲痛欲绝。一个人赶往长安送别，伤心过度，自尽于杜牧坟前。这样的画面总像悲情的日本电影。

我宁可相信自尽之事。乱世中的爱情，这样的收稍难得珍贵。也好。

1956年，对大收藏家张伯驹先生是最重要的一年。

这一年，他把中国第一件流传有序的法帖墨迹晋陆机《平复帖》以及宋范仲淹《道服赞》、宋蔡襄自书诗册、黄庭坚草书、唐杜牧《张好好诗》等八件珍品，化私为公，捐献给国家。

这是1956年7月。

他得了一张两毛钱的奖状，至今挂墙上。

我去后海他的家中看过那张奖状，已然蒙尘。

这是《张好好诗》最后的归宿。张伯驹先生的妻子潘素也是青楼女子，但张伯驹爱上她，娶了她，并且，一生相伴。虽然晚景颠簸流离，他在，她陪。

张好好诗，真好。大好。

> ## 杜 牧 《 张 好 好 诗 》
>
> 　　《张好好诗》是唐代文学家杜牧的诗作。此诗以浓笔重彩，追忆了张好好六年前初吐清韵、名声震座的美好一幕。用精湛的诗歌语言，再现了张好好升浮沉沦的悲剧生涯，抒发了诗人对无法主宰自己命运的苦难女子的深切同情。全诗文辞清秀，堪称唐诗中的佳作。

光阴夜白，

：照夜白：是唐代的一匹良驹，

晴云满身雪作花，

四蹄一动疾飞翼，

神采飞扬如时光里奔腾不息的

文化。

。光阴一夜一白，

古 淡 天 真

　　暑热的天，真适合看董其昌。董其昌的字里画里都有清凉意。40℃的天气，看这样的书画，能解暑热。

　　董其昌一生追其古淡之意，书画立意高远，潜心参禅，绝无跋扈戾气。有颜书筋骨，又有米芾飘逸和"二王"的精气神，书不尽笔，笔不尽意，董其昌的字，看多了神清气爽，全是中国哲学与真意。

　　历经改朝换代，却落得花不沾衣，高寿到81岁，一不小心就"人书俱老"了，而且几乎一生都是得意的——他的字里，有中正平和的人生哲学，是四平八稳明哲保身的态度，高处落墨，远处养势，疏朗清旷之姿是萧散闲远的隐居哲学，往好了说是舒服，从人性讲是圆滑。

　　董其昌是圆滑的人。他是儒家文化的坚定执行者。保守中庸、小心谨慎。在明末的竞争之中，他努力躲避，几乎不参与，他害怕得罪任何一派，这反映到他的字中，便是一派姿媚——很多时候，我不是很喜欢董其昌的字，柔弱无骨，而且面露讨好。那一味地退后远避都在字中。字是一个人的"骨骼

肆

密度"和"精神密度"，他缩隐到一个自己的世界中，不问时事，不问疾苦，一味追求平淡。

他迷恋这个"淡"字。因为苏东坡说：笔势峥嵘，辞采绚烂，渐老渐熟，乃造平淡。他以淡为宗，追求古淡天真、秀润闲雅、潇洒飘逸、疏朗空旷、意境深远、悠远空灵、神秘玄妙。一生追求"淡"，淡到了骨子里。

他信奉禅宗，把禅宗用到书画中，达到极致——他在艺术上几近无可挑剔，提出了"南北宗"论，影响后辈几百年。但总觉得最高的艺术差了那么一点点，这一点点是微妙的，是难以用"度量衡"来衡量的，只有搞艺术的人才心知肚明。

董其昌的一生，几乎是花开富贵的一生，除了61岁那一场被乡亲们烧了"董府"的祸事——这一点上，董其昌不是一个仁义之人，惹了众怒让乡亲们点了房，烧了几百间房子的，历史上恐只有他一人。

雕梁画栋全被烧毁，家财洗劫一空……历史上被老百姓这样对待的文人，也是对他的警醒和提示——过度骄纵，一定会招至祸事。

晚年又渔色。大多艺术家晚年都渔色，大概渔色是创造力的一部分，毕加索、齐白石、董其昌……保持性的能力大概是保持艺术生命力的证明。

有一年去台北故宫博物院。看到董其昌写的小楷。被震动到失语。在真迹面前有一种莫名的被袭击感。甚而理解了他为人之圆滑——在明哲保身的朝代，保住自己才能保住艺术。董其昌的《容台集》编于他75岁，当时他还能手不释卷，灯下读蝇头书，写蝇头字，这是福报。凡能长寿的大艺术家在艺术上都臻于炉火纯青，因为岁月和光阴会削掉很多尖锐，使艺术趋于老境、熟境，终至平淡天真。

"淡"是字之灵性，是行到水穷处见到的真。何况，他聪明至极——一直用渴笔，用淡墨，苍润羞涩之间是收敛，绝非豪气和放纵，在字与字之间，是中国"藏"和"收敛"的哲学。

董其昌的字似略带羞涩的女子一般，尺素之间，高秀圆润，丰神秀美，风华自足——他一生都不愿让人说他像赵孟頫，但他的字最像赵孟頫——这是端丽华美、丰神秀美的中国文人的字，骨子里自带中国气。我们大概一生就是想活成董其昌的字那样：丰神俊逸，风华自足，花开富贵，人书俱老，无疾而终。我们年轻时一直想做徐渭、梵高、王铎、苏轼、李白……我们中年时想当赵孟頫和董其昌的字，在字里的山山水水中，是生活的美意和世事的安稳、满足、不动声色。

董其昌一生忽官忽隐。他妻妾成群、奴仆列阵。他的家财养了他心中的一段"春"，文化的确需要富养，富养出来的文化是有温润底气的。

《湖庄清夏图》是北宋赵令穰的长卷绢本设色画，董其昌曾三次题跋，足见对这幅画的喜爱。

40℃的天气，不知如何解暑，我的猫又捣乱作怪，热乎乎围着我不让写下去，狗蛋趴在稿纸上，富贵趴在我书上，两个小可爱打起呼噜。我索性打开这幅画解暑，真是湖上一回首，青山卷白云。

论解暑气，董其昌的字画排第一，有一种"檀栾映空曲，青翠漾涟漪"之美。

我知道我会越来越喜欢董其昌，因为我会越来越老。而越老越喜欢平淡天真，也越让自己和艺术走向"越老越熟"。

真山难老

傅山是个有意思的人。这个"意思"很大，如果仅仅说傅山是一个书家就太没意思了。

傅山是个杂家，傅山还是个大家。作为和王铎同一个时代的人，傅山名垂青史——拒绝清政府召唤，屡辞入仕，或隐居土室养母，或称病不仕而归。相对于王铎的归顺朝廷，傅山在"气节"上先赢了人们注视的目光。

在一些武侠小说中，傅山被描写成武功高手，在阎锡山的"尘表孤踪"牌匾中，他是学者，融会贯通哲学、医学、佛学、儒学、诗歌、书法、绘画、金石、武术……

特别是医学上的"妇产科"。

这是一个伟大的傅山。历史上的书家很多，懂妇产科的，仅此一位。只这一点，我料定他是有趣之人，倘若是一个僵化之人，绝不可能去研究妇产科，岂不是让同行耻笑。

可他不。他是流光溢彩，是气象万千，是横看成岭侧成峰，远近高低各不同。中国的艺术就是这点迷人,在心神之间飘来荡去,可以听,可以看,可以闻,言传意会,言传不会,心领神会。总之,回头看这个人,这是个迷人的人。迷人的人都雌雄同体——一个研究妇产科的男人多迷人。几百年后,一个叫冯唐的作家也是妇产科大夫,同样,迷人。

傅山书法传奇,草楷篆隶无不大好,这个比王铎小 15 岁的男人,深受王铎书法的影响,写意曲尽共妙,才品海内无匹,他有几句关于书法的论述,令人看后拍案。

"宁拙毋巧,宁丑毋媚,宁支离毋轻滑,宁真率毋安排。"真妙哉啊!这哪是在说书法,分明也在说艺术,说人生,说生活。粗糙潦草真实的样子远比讨好媚态要强,老崖古松远比轻佻浮滑牡丹更好看。

萧疏之趣远胜轻浮之相——近年来花道、茶道、古琴兴起,一群穿着恶俗袍子的人在那里比比画画,不好好说话,也不好好喝茶闻香。甚是令人厌烦。真率原比摆拍做作要美太多。

那个街边顶着烈日在卖蔬菜、当裁缝的人,远比描眉画鬓搔首弄姿之人美上千百倍。

傅山的书法里,全是拙气。特别是草书,练达通脱、高逸出世、一派天真,日上山红,月来水白,至真至性才是人间大好。

戊戌年早春,与宏芳、姜剑波老师去晋祠。见晋祠流水如碧玉,周柏、难老泉、侍女像是晋祠三绝。"难老"二字便是傅山所题。署名"真山"。傅山一生有很多名字:石老人、酒道人、不夜庵老人、真山……他自己也活成一座"真山",喜喝竹叶青,又好交友,在书法的表现上以气势驭笔,连绵狂草、蹈厉无前、所向披靡——难得的是,傅山聪明,把黄道周和王铎书法中最好的因子提炼出来,巧妙地放在自己的书法中,妙哉。

王铎居庙堂之高,傅山处江湖之远——同一个时代的两个书家,因了气节不同，遭遇便不同，一个万人景仰，一个进了"贰臣传"。

傅山开始学"二王"和赵孟頫，因厌恶赵孟頫投靠元朝没有气节而放弃，至晚年又重新迷恋，到底，艺术的魔力更迷人。

郁勃浑厚、大破大立。这是傅山的草书，像他的人，字也带着风和山的味道。他追求魏晋之原气，在怀素、张旭身上攫取芳华。

但，我最喜他的小楷。

干净、飘逸、雅致。像一个心地干净的人坐在面前，眉目之间全是人间正气，却又端丽，却又喜悦。

"作小楷需用大力。"这是哲学，是真话。越是看似轻简的事物越难，越是想抵达彼岸越是要付出一生的努力。

"一行有一行之天，一字有一字之天，"大巧若拙才是妙境。翻看傅山家书，论艺术的占了很大一部分。傅青主像一个武界高人，在江湖之远无招胜有招，但人越在高处，寂寥万古难销——傅山的狂草中，藏着他人生的寂寥。

晋剧演员谢涛演《傅山进京》，晋剧的高亢嘹亮适合表现傅山，何况，谢涛又霸气十足气场十足。她演活了傅山。但我如果写傅山，我不认为书法于他有多重要，他字不如诗、诗不如画、画不如医、医不如学、学不如人。说到底，还是这个人有意思。这个"意思"，才是最大的意思。

在傅山的时代，"康乾"二位皇帝都喜欢中正平和的赵孟頫，这种博大、肆张、崎岖之审美绝非主流——有些人的审美永远走在时代前面，永远是在时代之外潮流之外的。

"野老来看客，河鱼不取钱。只疑淳朴处，自由一山川。"傅山活了别人几辈子啊，以书法补充了绘画，又用医学提升了书法，而最后，他成为生活真正的教主。

我试图给傅山几个关键词：气节，高古，杂家，绮丽，疏野，纤秾，有趣。

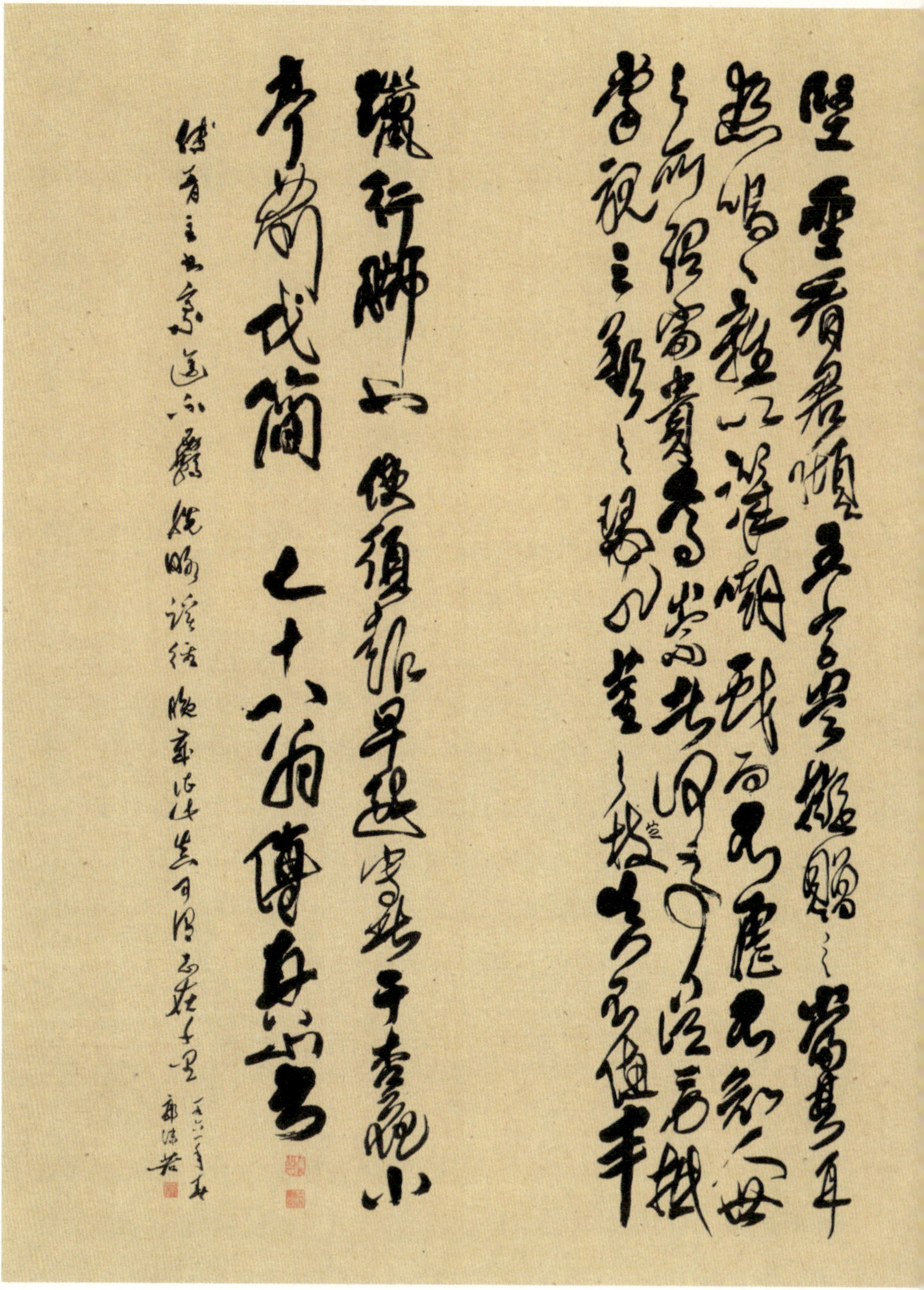

↑清·傅山《晋公千古一快四条屏》·山西晋祠博物馆藏

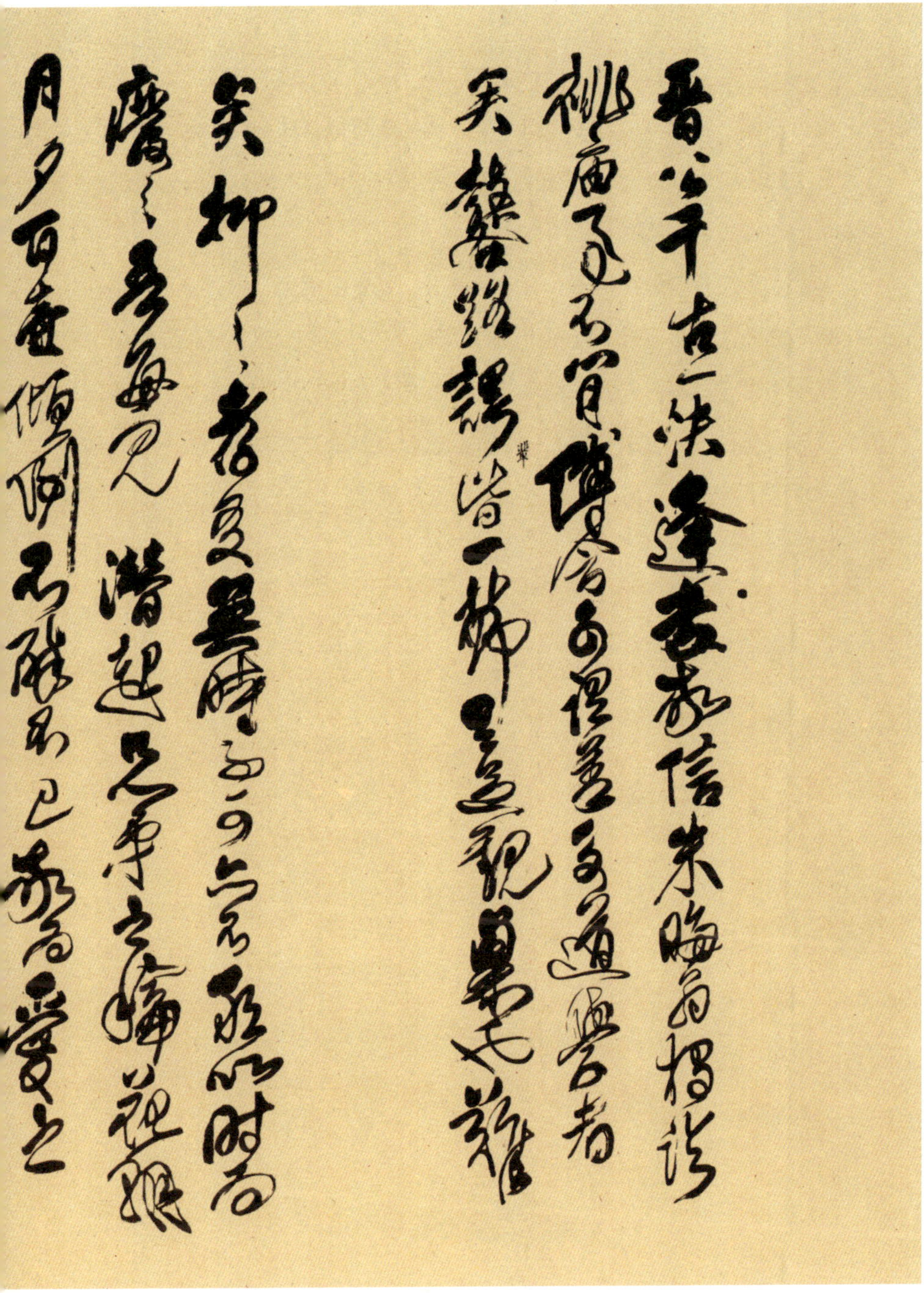

但又觉得不够。我以为，不单看他的字，他的人更好，那字背后的人，是三晋大地上的敦厚雄浑之人，一身正气，又有趣又有情怀，以至我忘了他的书法，和人相比，书法还是低的。

人，才是活着的最高根本。有人味的人，是青山镀银、绿树镶玉，是在人生的墨迹上，想起他时，有一丝丝的暖意。

我今年去太原多，去晋祠也多。每去都在难老泉边发一会儿呆，我没问傅山故居在哪，想了想，有这么一个人，想起来有意思有趣味，去不去故居倒也无所谓了。太原有傅山，我心中有傅山，足矣。

等我。

肆

人书俱老

近日看书法名帖。一看再看，天下行书前三甲，第一为王羲之《兰亭序》，二为颜真卿《祭侄文稿》，三为苏轼《寒食帖》。

正逢雨季，阴雨连绵。

一个人卧于阳台上的红沙发里，陷入了一场与书法的爱恋与纠缠。这哪里是书法？分明也是人生。三幅行书均为草稿，据说他们也试图再写，把那草稿上的瑕疵和涂抹去掉，居然再也不能。

绝品都难以复制。

那是怎样的心情写就？兰亭的阳春三月，文人聚集在一起写诗画画，雅嘱王羲之为序。他喝到半醉，一挥而就，文与字都美到不似人间。虽然后来没了真迹，但是，连复制品都让人叹为观止。孙过庭在《书谱》中总结：通会之际，人书俱老。王羲之的老，是重回到最初、开始，回到书法的本源——书写，原来是为了记录生活之美。

弘一法师圆寂前四字，也还原到了写字的最初，彻底了断人间烟火气。

出家之后，他拒绝戏曲、音乐、绘画、书法……所有与文艺有关的事情，他都拒绝，这其中包括书法。

后来，有人规劝：抄写经书可以度人。

于是他抄经度世，字体线条平静安详，所有的书法家力求表现自己个性，而他隐藏起所有个性，只为抄经度人、度世。回归到书法本身，回归到字的认真踏实。那最后四字"悲欣交集"，早就失去审美的纬度与经度。人书俱老是境界，到了这里，他连人书俱老都没有了。

有人曾在晓云法师处看到法师的刺血经书，血迹极淡，却如金石刻痕，缕缕都游于心上。震惊同时，只有心酸与慈悲。

初看颜真卿《祭侄文稿》，如鬼画符，行、草、隶都掺杂，一字字全是疼痛。此篇上升为精神领域的圣经，完全与书法无关，情绪四处蔓延。这是颜真卿吗？这是。这正是。颜体的大气和阔达，颜体的规范和平直全然皆无。你只看到一个人在写，在哭，在疼。——书法真正的意义是曲终人已散，江上数峰青。

再看《寒食帖》。

彼时苏轼45岁，几次被贬，几经磨难——他书写时还需要炫耀华丽吗？还需要书风吗？还需要矫情吗？夜风苦雨，阴雨连绵。——"今年又苦雨，两月秋萧瑟，卧闻海棠花，泥污燕支雪。"连眼泪都觉得多余。一笔写下来，心就老了。其实提笔的刹那，就老了。

流放岁月，此样寒食节。一个人站在窗前、雨前，九死一生的命运到了高潮——人的一生，如果只经历大富大贵和平淡从容，哪里会有人书俱老？——徐渭不历经苦雨荆棘，怎会画出那般清寂山水？梵高不孤独致命，怎么会有疯狂的向日葵？别样的人生里，必然清寂到快崩溃，才会听到时间轻轧自己灵魂和身体的声音。

那么，落笔吧。

因为，此中还可落泪。

还可纵情地想念或者拒绝。

还可以，一个人独处的时候，与笔墨为伴，伴着雨声，秋声，伴着那乌鸦的叫声，写下这首千古名帖《寒食帖》。

此中有真意，不辨也忘言。

一个人内心有了格局，气息会别样不同。

弘一法师到最后，内心与外在完全统一，刺血写经时，以血为墨，并不觉得疼痛。

而行书前三帖，早就失却书法技巧——我们一生所要摆脱的，恰恰是技巧。技巧让我们华丽、矫情、茫然，技巧让我们趋之若鹜，技巧带来利益。技巧也带来匠气。

人书俱老的作品，早失去技巧。

"悲欣交集"四字是空灵禅语，不但没了技巧，连人间味道全无。好的东西，无间胜有间，气宇轩昂时还想哗众取宠还想表现，生怕这世间留不下痕迹。哪知无痕最好，无迹无佳。日本导演小津安二郎的墓碑，无名无姓，只刻了一个大大的"无"字。他早就明白，人生是一场空虚，到最后，一个人安静地长眠于地下，已经是福报。

有人说长期看书法名帖可以把人看老了——如果年轻的容颜有一颗老心，那真是人生上品。早早地把自己的心收敛起来放好，也无风雨也无晴，慈悲喜舍，静定安详，于整个大人生来说，是敬重，也是圆满。

这样的通会之时，来得越早越好。

书法最高境界是人书俱老，人的最高境界呢？也许是还原到最初，安静地来，安静地去。富贵吉祥，波澜不惊，风雨雷电，淡然一笑。

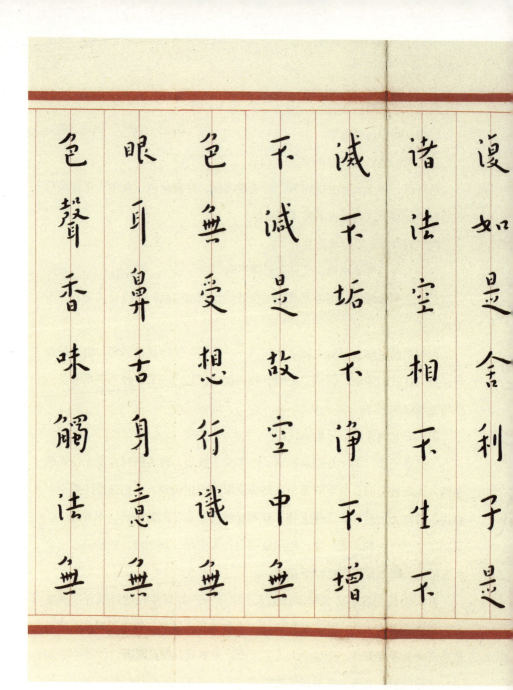

復如是舍利子是
諸法空相不生不
滅不垢不淨不增
不減是故空中無
色無受想行識無
眼耳鼻舌身意無
色聲香味觸法無

↑清·弘一法师《心经》·局部

肆

觀自在菩薩行深
般若波羅蜜多時
照見五蘊皆空度
一切苦厄舍利子
色不異空空不異
色色即是空空即

悲欣交集

这四个字属于弘一法师，也属于每个人。酷暑之日，临这四个字，小半生过来，谁不是悲欣交集？客厅里挂着"惜君如常"，心里却是悲欣交集。

朋友寄来黄茶，有淡淡的香。不同于别的茶，喝出一股飘逸之气，我翻看弘一法师字帖，越翻越清凉。他出家后的字，简直一丝丝人间烟火气都没有，甚至连一丝俗意都没有了。

前几日去西安录制《攍响中华》，间隙里去访了陕西女书家张红春，坐在她的"忘言居"聊书法，说起一个人书法的修为，忽然说："假如一个人心里潦草，即便一笔一画写楷书的《心经》也是潦草的，但如果一个人心里干干净净，即便用草书写《心经》也非常干净、清澈。"

弘一法师当然属于后者。

有人问我最欣赏他什么？我想了想：做公子时是真公子，做名士时是真名士，做和尚时是真和尚。

一个人看尽了繁花如梦和荣华富贵才能心静如水。早年他叫李叔同的时候，那么风华绝代，去嫖妓时也十分招摇，甚至肆无忌惮——我甚至愿意相信，那些纸醉金迷和声色犬马是修行的一部分。

色即是空啊。贪恋过人世间的繁华和美色，再一回头，一身清凉意，这是最彻底最华丽的"悟"，从李叔同到弘一，是人之"化"境。

谁也当不了"弘一法师"，他是唯一。

出家前，李叔同的书法大气磅礴，他写魏碑——临《魏灵藏造像》，笔笔都是疾风暴雨，可见魏碑风骨，还有他临的《张猛龙碑》《石鼓文》《峄山刻石》，上海《太平洋报·画报》连载他一个人的书法，那时的他融汇了古今、兼用了方圆。

篆书，他学邓石如，气势沉着，是秋天的苍茫辽阔。

隶书，他学杨岘，方圆兼用，融会贯通。

大字楷书，是一个春风得意的硬朗男人，刀斧劈了大山，线条粗重方硬，此碑之风荡然纸上，完全的意气风发。

行书，他学苏轼、黄庭坚。学得十足，有了意韵，开张自如。他得了"苏黄"真味。

但这时他只是李叔同。没有被一眼认出的字，他的字里，带着俗世的繁华和尖锐，带着锋芒和得意。

出家后，他不再写俗书，写僧书。

这个虔诚的苦行僧，在律宗的世界中苦苦要求自己。他热爱魏碑，特别是北碑，但慢慢去掉北碑方笔的刚猛和尘世中的火气，慢慢减轻心中的负累。

从1918年到1923年，五年时间，他的字也慢慢跟着出家了。魏碑在他的笔下柔和了、清淡了，他嘴角挂着不动声色的慈悲。

从1924到1927年，他终于形成了"弘一体"，只一眼，便认出了他的前世今生——那样的平静、恬淡、沉稳，一丝人间火气也没有了，他也不需要那热烈俗气的人间烟火了。

笔飞墨舞之间，全是佛门真意。一个人只有真正放下，收敛了内心的欲望，才有字里的清凉和轻松自如，直抵内心，不再用书法表演给任何人看。

弘一法师的"弘一体"，一丝伪饰表演的成分都没有，从丰腴到疏瘦，仿佛见一中年男子，清瘦、骨骼清晰，眉目之间也全是清奇的筋骨。

在"觉"与"空"之间，彻底放下了一切，返璞归真，天真灿烂至极，到最后，他的字仿佛一个婴儿，带着所有的稚真和素美，又像一个老者，看尽了一生的故事，闭起眼来再不问世事。

大连的女书家小泥一直在临弘一。有一天，两个人聊起弘一法师，她发给我弘一法师写的《阿弥陀经》，是三个时期写的。

第一次写的明显有世俗之躁气，仍有不舍意，第二次写的已是平淡天真，至第三次，已经完全没了人世间一点点俗气，一个人的字就是一个人的心路历程——从一个风华绝代的翩翩佳公子到苦修律宗的高僧，这中间的千山万水，他的书法是见证者。

每去杭州便去虎跑寺，这是李叔同出家的地方。当年他出家时，日本的娇妻乘小船去追他，一边追一边哭，喊着他的名字，他头也没有回一下——当时的心境只有他知道。了断人世间的一切是艰难的，但他统统了断——书法里的骄傲、狂放、坚硬，化成了出家后的平静、恬淡、不染一丝烟火气。

有时候常常想他晚年一个人在泉州的古寺中，一个人面壁时是否也会想到红尘中的一切？这样想又觉得多虑了，我没有见过一个人的字中那么没有烟火气，甚至，连想想俗世都觉得多余，只是空灵和恬淡。没有弘一的心境，怎么写弘一的书法？

圆寂前他有预感。1942年的10月2日，微疾，拒绝医疗和探问——所有高僧都知道自己生死。6日，绝食饮清水。10月10日下午，写下"悲欣交集"四字，并嘱咐妙莲："如助念时，见我流泪，并非留恋世间、挂念亲人，而是悲喜交集所感。"

离世的瞬间，他果然流泪。

但他说，并非留恋世间挂念亲人。世间最狠的绝情大概也最是情深。世间可有留恋？也无留恋。世间可有亲人？也无亲人。我们每个人都如此，无留恋无亲人，赤条条来，孤单单去。这才是人世间。这才是悲欣交集。

一个性情开阔、风流倜傥之人，西洋戏剧、音乐、绘画、篆刻全通的公子，转身入了僧门，临终写下四字："悲欣交集。"

我见过"悲欣交集"四字真迹。在中国美术馆，小小的一张纸，几乎歪斜的字，却尽是禅意——从纵情声色的纨绔子弟，到诗酒癫狂粉墨登场的"票友"，再到出家，书写《心经》的高僧，人生果真悲欣交集。

人生无常。生命倏忽。知交半零落。

北京的黄昏，一个人站在街头，听到教室里的风琴声音，弹的是李叔同的《送别》。

"长亭外，古道边，芳草碧连天，晚风拂柳笛声残，夕阳山外山。"

前半生风流才子，中年时风流名士，从话剧演员到美术家、音乐家、教授……出家后衣不过三，寒冬也只一件衲衣，一双僧鞋穿了几十年，临终时，只有破旧的席子和被子。一双僧鞋到处是补过的痕迹——万事皆是空，事了拂衣去，这悲欣交集乃是人间无穷的玄机。

有多少悲有多少欣？此生和多少人交集过，又绝尘而去，谁能陪你终生——唯有自己。

"并非留恋世间，并非挂念亲人"，我只觉大好，是看透了一切的好，是悲欣交集的好。

那滴眼泪是留给世间的线索，待我们来世，再遇李叔同。而他在转角的悲欣交集处等我们，是那个早已遁了红尘的弘一法师。

他知道活在世上，人人都是：悲欣交集。

生活帖

　　翻看一些书法帖，总是会暗自偷笑——我们以为的惊天动地的书法作品，传世几百年，盖满收藏章的书法帖，却原来是烟火生活的小便条。

　　像现在的短信。

　　夜雨剪春韭的韭花帖，本是杨凝式写给友人的小便条，不过是午睡醒来觉得肚子饿了，忽然发现韭花，食之，香之又香。看此帖，会发现生活之妙，书法之美——哪里是隔着天上人间不着痕迹的物质，却原来，本是与我们丝丝相连又环环入扣的生活之味。

　　帖，多么生动，短小，精致，带着随便的味道与气息……古人的帖与生活，是脚踏实地的温暖与踏实。是日常，是烟火，是肚子痛时的一种感受，是一张赠送三百个橘子的便条。

　　帖之生活，真实，生动，不神秘，但却带着一种天生的欢喜之气——王羲之《丧乱帖》《姨母帖》《平安帖》《何如帖》《奉橘帖》，流荡自在，并无神秘感，《何如帖》——不知你近来身体如何？"何如"二字潇洒自在。他又说，迟复奉告，回信为何迟了？是因为羲之"中冷无赖"，多么好玩呀，大书法家王羲之，觉得人生是虚无的，是没有热情的。中冷呀。无聊呀。他的一生是这样俗气而烟火，生病了，无赖了，奔丧了。与我们的生活，并无二致。他的《兰亭序》千古佳名，隔着多少年仍然这样弥香。可是不过是一帮文人墨客的雅集，王羲之醉了酒，借着酒力的微醺，在一种迷幻状态下写就《兰亭序》。上面有涂有抹，因了这涂抹，而兴趣而益然。千古大美，就是随意和一念之间。

据说王羲之曾经想重写《兰亭序》，去掉那些涂改，可是，居然，再也不能了。

当然不能了。

这是书法可贵之处，不可能同一时间跨进同一条河流。这样哲学意义上的味道，让它更有了不可复制、不能再来的孤独美感。

虽然《兰亭序》如此之美，我却仍然迷恋这些生活之帖。

更显生活真味。

王献之《鸭头丸帖》。十五个字的便条，不过是抱怨丸药不好。《快雪时晴帖》，不过是说天气，下了雪，又放了晴。

只短短几字，却看得人心里暖意益然。这般情趣，这般滋味。而后人却盖了许多帝王玉玺，收藏印记，名家再题跋，有一种故弄玄虚之感，小题大做了。

那平凡生活，与书法相交，生出极玄妙又极生机益然——那俗世烟火中，书法以青竹的姿态，书写着人间的暖意。它的好处是把日常与文字和书法有了一种莫名的交融，你说它俗吗？当然。《肚痛帖》——"忽肚痛，不可堪。"不被拘束，不想进《古文观止》，甚至有些幼稚和可笑。肚子痛也要写出来吗？张旭在书法家中是这样的：嗜好饮酒，常在大醉后手舞足蹈，然后回到桌前，提笔落墨，一挥而就。被人称为"张颠"，但他肚子疼了，他不能忍了。于是，提笔写下这六字，

『鸭头丸，故不佳，明当必集，当与君相见。』

光 阴 夜 白

以草书最放肆的形式，看后破涕——那肚子痛时，一定也很纠结。

这些可爱的帖，哪负责什么江山国事？哪负责万里江河澎湃？不空谈，只脚踏实地地写着："苦笋及茗异常佳，乃可径来，怀素上。"这样的文字，清简如水，述没有任何波折，连名带姓十四字，表达得足够清晰，以草书形式说笋极新鲜，可爱至极。

帖，是调皮的，生动的，可爱的。有一些百无聊赖，有一些茫然，有些短暂的美妙。帖是一刹灵光，是飞扬，是随时写下的思绪、想法、情绪——关于生活之味，生活之美，生活之颓。

相比于那些长卷，怎么就喜欢这些随意写下的散乱的文字呢？——本来就是小便条，本来没想留下来。朋友看了，舍不得，就留下来了。被后人越来越珍重地收藏了，其实是失掉了一些意味的。

有时候观帖，看那密密麻麻的收藏，觉得可笑——写帖人只是随意而写，那些微不足道的小事，登得了大雅之堂吗？可是，留传下来，居然是民间里最让人觉得可亲可怀的世间喜悦。

看那些书法展，怕那些豪华的装裱和灯光。更喜欢在幽暗的烛光下，翻看那些帖，吃了韭花，写个小帖，给朋友三百橘子写下："奉橘三百枚，霜未降，未可多得。"精简得让人心生怜爱，虽是后人模仿，可是，王羲之的行如流水，全在这些帖中。

《丧乱帖》

『羲之顿首：丧乱之极，先墓再离荼毒，追惟酷甚，号慕摧绝，痛贯心肝，痛当奈何奈何！虽即修复，未获奔驰，哀毒益深，奈何奈何！临纸感哽，不知何言！羲之顿首顿首。』

看得人心里全是对生活之爱。原来，他如我们一样，一生都在这样鸡零狗碎的光阴中度过。哪有什么山高水远天高云淡，却原来，都是这样百无聊赖和春光如麻，是低头那碗饭，天边那缕长风，衣上衫，身边人呀。

肆

↑ 晋·王羲之《丧乱帖》·日本宫内厅三之丸尚藏馆藏

王羲之《丧乱帖》

　　行草，摹本，与《二谢帖》和《得示帖》连成一纸。《丧乱帖》是王羲之晚年的作品。此帖创作之时，他的老家山东琅琊地区正处于一场战乱之中。王羲之被迫离开北方，迁居南方。当他获知祖坟遭毁，痛苦不安，便给朋友写了一封短札，书法行笔和心情融会贯通，书写时先行后草，时行时草，可见其感情由压抑至激动的剧烈变化。

蜀素帖

北宋的书法家中，米芾是狂野的。

人狂言野，服饰也招摇。

宽袍大袖，野狐媚禅，静气不多野气多，下笔到了乌丝栏，写下了《蜀素帖》。

"蜀素"二字亦好，喑哑的光芒。

蜀中织物，原本是丝绸，加个"素"字，有惊天动地的好。一夜经年，无人敢动笔书写。

这轴蜀素，留了祖孙三代。

这一天，米芾来了。

36岁的米芾，不早不晚地来了。来早了，笔轻墨盈，蜀素也未老。来晚了，风烛残年笔力不支，下笔无神。

无垂不缩，无往不收，稳不俗、险不怪、老不枯、润不肥，骨筋、皮肉、脂泽、风神俱全。这是在说米芾的字，像形容一个有筋骨的老人。

米芾为写《蜀素帖》做好了精神上的准备和书法里的期待。

有了喑哑的光芒和不可诉说的隐秘之花。

当米芾的笔墨落下去，它尖叫起来。

哦，像一场欢愉的性事，久旱逢甘霖的快感。"你终于来了。"那些微的滞涩与停顿，那控制极好的节奏，那不可方物的挥霍，那人到中年的炉火纯青，只能属于米芾。

蜀素发出了赞叹："米芾，我终将是你的，且，至死不渝。"

天地之间，一场樱花雨落般，簌簌而下了。此时无言，此时，无计可消除。风樯阵马，萧萧落意，千古相遇。最美的书法，绝非技巧，而是恰巧不早不晚彼此都在。

在最好的时候书写，温度恰恰好，情感分寸恰恰好，节奏与收放恰恰好。

乌丝栏里，那一片片的欢叫啊，是绿色的。如翠鸟一样绿，如翠鸟一样忧伤明媚。

那份热烈，千年之后，还能感受到它的温度。欲买桂花同载酒，终不似，那一日啊。

功名皆一戏，未觉负平生。

米芾的一生，活得都有温度，这温度持续了千年不散。

米 芾 《 蜀 素 帖 》

北宋书法家米芾于元祐三年（1088）创作的行书绢本墨迹书法作品，作品内容即为当时的游记和送行之作。其艺术风格则以和谐变化为准则，天真自然为旨归，通体笔法跳荡精致、结体变化多端、笔势沉着痛快。

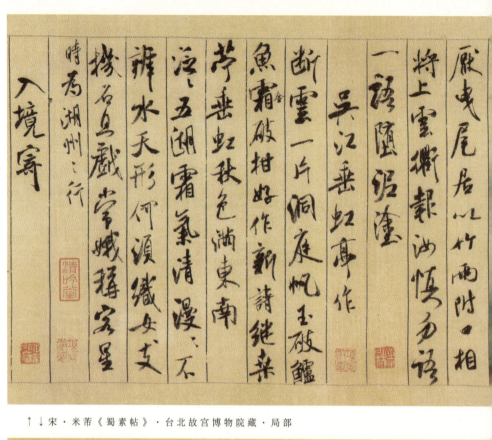

厭戈尾居以竹雨附口相
將上雲衢報汕惧可語
一諜隨沼沚
吳江垂虹亭作
斷雲一片洞庭帆玉破鱸
魚霜破柑好作新詩繼桑
亭垂虹秋色滿東南
泛泛五湖霜氣清漫漫不
辨水天形何須織女支
撥若乎戲小掌戲擗客星
時為湖州之行
入境寄

↑↓宋·米芾《蜀素帖》·台北故宮博物院藏·局部

流古所傳褶把秋英緣屋
菩菜情味向詩偏
和林公峴山之作
酸之中天月圓徑千里震澤
一水兩旁己過三婆羅峴山諜云
形大地惟東吳偏山水方佳處
中有曉人擭衣為飴位維
列仙長學與千年對出揉文
霧追頹擒金颼帶秋歲
類逐雲檔於朝隮興馭飈
暮逼光浮袚雲首有風駐
嶓襞有刀利亭之太陰宮

擬古

青松勁挺姿凌霄恥
屈監種種出枝葉亭亭
連上松端秋花起烽煙
蒣䕾靈錦殿不筆不
自立舒光射丸丸相見
吐乎效鶴髮縮頸還
青松本無華安得保
歲寒歲寒
龜鶴年壽齊羽介所
三未重遙霄為目導

入境寄
集賢林舍人
揚帆載月遠相過佳
氣惹人聽謠歌路不拾
遙知故蕭野多滯穗是
時和天公秋暑資吟興晴
獻溪山入醉戲便把蟾
餘共研墨縧牋書盡黃
江波
重九會飛樓
山清氣奕九秋天黃菊
紅葉滿江船千里結言寧

惜君如常

看赵孟頫的字时间长了，心里会长出湿气来。

这种湿气是润的，格调好极了。

慢慢会洇到光阴中，年龄愈长愈喜欢赵孟頫的字，圆润中不乏硬朗，姿态是高的，却又怀着谦卑的心，那字和画分明有水汽，后人说他姿媚之气，又因是大宋入仕元，总觉得骨骼不清奇。

但我到底是爱赵孟頫的，当然也爱他的夫人管道升。想来中国古代书画界也只有这样一对神仙眷侣了。有时候想，假若没有管道升，赵孟頫字会这样清澈干净吗？

一个女子的力量绵延到一个男子的骨骼里，字和画就是证明，好的爱情便是寻常夫妻、举案齐眉，一粥一饭，惜君如常。

少年时爷爷习书法，喜欢临赵孟頫。父亲便有微词，说他是历史上的"贰臣"，本是宋家王朝的贵胄，偏偏去做了元朝的官。元朝是个什么朝代？父

肆

亲说："一群外族人，哪里懂什么汉文化？"他转念又说："不过，还好有赵孟頫文化到底被续了起来。"

父亲老年后开始习书法。他少年时被爷爷逼着打也不肯写，中年开始喜欢，到老年反而迷恋起书法。

父亲也临赵孟頫的字，《赤壁赋》还有《千字文》……我开玩笑说："怎么临起了你以前不喜欢的人？"父亲说："只有他的字静气凛凛，平静又和顺，温润又娴雅，地道的中国文人字。"

有时想想，我们要的日子无非是静水流深，花开富贵之后的散适。赵孟頫的日子太滋润太富贵了，字也是富贵清丽的，几乎可以感知那日子的温度和光泽。何况，他有那样红颜知己的妻子管道升。

回想起那些古人，这样琴瑟和谐的文化眷侣委实不多，赵孟頫和管道升可排第一，虽不是青梅竹马，但是举案齐眉，一起写诗画画篆印。虽然李清照和赵明诚也是这样的伉俪，到底只有半生缘。一辈子活得又深情又诗情画意的，只有赵孟頫和管道升。

有一年去台北故宫博物院，恰巧看到《鹊华秋色图》，人就怔在那里了，就不能动了。一个人久久地站在画前，泪水夺眶。

在最美的事物面前，是天地间有了震颤，是穿越千年突然找到知己。

那画的静气、山色，那春秋佳日，那古意逼人，那芦花水草、茅屋鱼舍，行人往来如蚁，那荡漾在画中的气韵……

那年他41岁，辞了官，画了送给他的好友周密。一个人的内心不平静，如何画出这山色绝佳的画？他一定是喜欢王维的，后人多说他：宗室之亲，厚于夷狄之变（仕元）。他的内心是多么纠结：矛盾、悔恨、难过，不能与外人诉说的难堪，虽然一生富贵，但"中肠惨戚泪常淹"。他还曾写道："捉来官府竟何补，还望故乡心惘然。"

幸好，他身边有她。有时想想，如果没有她，他还会是赵孟頫吗？他写《罪出》："平生独往愿，丘壑寄怀抱。"他渴望归隐，渴望像陶渊明一样，带着他的妻隐于江湖。他写下"一生事事总堪惭"，心里的疼痛是有体积有重量的。幸好，上天给了他管道升。

其实相遇不算太早。那年她都27岁了，他也35岁了。即便放到现在，他们也算大龄男女了。赵孟頫还可理解，11岁父亲去世，25岁南宋瓦解，丧了父又丧了国的落魄书生，无妻无子倒也正常。

她为何到27岁还未出阁？是才情太高？一个女人才情太高，有时不是让男人愉悦的事情，往往会令男人生畏。梁思成在林徽因死后娶了助手，叹息自己应找一平凡女子。有才气的女子大多有恃无恐地骄傲，连发丝里都散发孤独。

古时女子有几个识字呢？但管道升诗书画俱佳，即使中人之姿，也让男人觉得可敬可畏吧？

有个作家姐姐，一身傲骨，常以蔑视姿态对待自己夫君。夫君倒也帅气，却在她面前呈现出猥琐，她不能容忍他居然和洗衣店女工私通，仿佛罪不可恕。我却知道，他必定在洗衣店女工那里找到男人的威严了。

但他们终于结合，真正的天造地设珠联璧合了。五千年文化史也只存这样一对璧人吧，她得了一人心，他欲白首不相离。

那真是他们最好的时光，他虽为元仕，内心惆怅，每日写《与山巨源绝交书》，他是想与元代绝交吧，嵇康写的是他的心声呢。但有妻陪伴，写诗作画吟词。在元朝，也算过得诗情画意与风花雪月。

日子久了却生出了厌倦——所有的感情抵不过时光的消磨，爱的温度渐渐降低，他见到她额上的皱纹，手上的斑，又见她发间白丝……再回头看见身边女子明如皓月，而此时他又官至高位，不乏绝色美人在侧。他试探她："我

肆

学士，尔夫人。岂不闻陶学士有竹叶、竹根，苏学士有朝云、暮云。"我便找娶几个吴姬、越女，也无过分。你年纪已过四旬，只管占住玉堂春。

这是他的心里话，陶渊明和苏轼都有小妾，我也想。你只管做好原配夫人就行了。他这样热烈地想纳妾了，热烈列举了古代才子。即便他不举那些才子，他亦可以直接纳妾的——但他心里到底有她，而且去试探她的心里。那一夜不知她睡了没有？捧着那纸笺，听着雨声，想必心如死灰……男人多想三妻四妾的，何况他是英俊潇洒的皇族后裔，何况他是那绝世才子赵孟頫？

每一段感情开始的时候，都是斩钉截铁的唯一，都以为是情感的终点和最后一站，以身相许，海誓山盟，说此生唯一，说永远永远，没有给自己任何退路的死心塌地。

但总有一天，看到她再不心动，再也没有当时的怦然。而看到另一个人时，爱情却再度袭击而来。沈从文在历经万转千回得到张兆和之后，新婚不久就爱上了另一个女诗人……我们是人不是神，每一个优秀的男人或女人，不会一生只属于一个人，那于神秘的爱情来说，是罪过。

但管道升不认可。

她提笔写下："你侬我侬热似火，把一块泥，捻一个你，塑一个我。将咱两个一齐打破，用水调和。再捻一个你，再塑一个我。我泥中有你，你泥中有我。与你生同一个衾，死同一个椁。"

她自知自己玉貌一衰难再好，自知已是明日黄花，她有的只是滚烫满怀的深情了。

她泪流满面，她心碎了。这是最后的挽留，她已做好了他离去的准备——女人在爱情面前，总能做最坏的打算。她在等待，像等待那被判处的爱情监禁，女人在爱情面前总是姿态低的，总是臣服的。

他看了。

泪水溢满双眼。还会有哪个女子再这样爱他？无论他好与坏，她随时有以命相许的姿态？自此后，他再也不提纳妾半字，且把这两张字抄了写来贴在案头，以博二人一笑。

他并不是被她的爱情打动，而是被深情袭击——还有比柴米油盐、耳鬓厮磨更坚固的吗？

有时看《深秋帖》会窃笑，那明明是人家赵孟頫写的嘛，却偏偏署上了"道升"的名字。道升二字有意思了，他写顺了手，把自己名字"子昂"写了上去，知道错了，马上又把子昂改成道升。真真有趣味，那明明是管道升写给姑姑的信，但毫无疑问，夫君赵孟頫是代笔，这代笔便是深情。

男人在爱情面前总是愿意娇纵自己的女人，周幽王烽火戏诸侯，为的是博美人一笑；李隆基让人从岭南快马加鞭运荔枝，为的是杨贵妃；李煜后宫里挂满夜明灯，为的是不让烟火熏了他后妃的眼睛；蒋介石南京城种满法桐，为的是表明对宋美龄的忠心，即便在庐山，宋美龄的别墅也叫"美庐"……

而赵孟頫，他一字千金，却愿意为妻子写下这些啰里啰唆的信。那份疼爱啊，真令人动容。显然他无意间落了自己的名字，又改回了妻子的名字，却是两个名字重置，你中有我我中有你。像《祭侄文稿》与《寒食帖》，匆忙间的顿挫全是漏洞，却因了那漏洞，绝代芳华。

《深秋帖》又何尝不是？

深夜品读，不禁动容，真正的你中有我，我中有你。

生活中哪有那么多惊天动地呢，全是似水流年吧，在一粥一饭一茶一帖中，两个人就这样老了，每一分每一秒，惜君如常，那才是上好的生活。

上好的爱情，他在，她也在，天地光阴都在。重要的是，一生的深情在。

愈到中年，愈喜欢赵孟頫了。宽厚疏朗、明媚、古意、踏实、肯定。

消散荒芜之后，是中国文化的一脉纯真和深情，那样的滋润温暖，是中年的心态，是中国文化的心态。

元四家的倪云林视赵画为宝，谓"赵荣禄高情散朗，殆似晋宋间人，故其文章翰墨，如珊瑚玉树，自足照映清时，显寸缣尺楮，散落人间，莫不以为宝也"。

我每每看倪瓒的画，都能看出赵孟頫的影子，想必心中的宽厚疏朗率真是一样的。一些人的青绿山水都能从赵孟頫的画中找到影子，一句话，没有赵孟頫就没有元四家。而元四家中王蒙是赵孟頫的外孙，儿子赵雍也是相当了得的书画家……

写《惜君如常》的上午，窗外在飘雪，煮了一壶老白茶，听着余叔岩的戏，翻看着《深秋帖》，心中生出说不出的暖意。人生的好光阴就是这样吧，不紧，不慢，心里想着一个人，慢慢把日子过老了过透了，每一天，惜君如常。

无论走得多远，无论飞得多高，我在远方，惜君如常。那是对深情的交代，是对你、对我最绵长柔软的光阴，最好的深情。

松
烟

"松烟"两个字真幽朴。

近乎绝情的孤恋，是一个人的地老天荒，这两个字在我心里存了好几年，舍不得写出。想想松烟真像一个隐居在深山大雪中的中年男子，他有过荣华富贵，却瞬间了悟，索性遁了灵道，把自己活成松烟。

也只能是中年男子，心里盛过千里江山万里江河，山河之中，尽是他的不动声色了。抗得住春江花月夜，也能日日蹉跎与消磨。

松烟不再食人间烟火，不再关心红尘中来来往往，它是一人与山间明月秋风共饮，是浮云吹雪，世味煮闲茶。

几年前，在国家大剧院看云门舞集之《松烟》，同去的几个友人都昏昏欲睡。还有人忍受不了沉闷，索性跑出去喝咖啡，我只觉得好，用舞蹈的形式来表现松烟，也看不懂在演什么，但就是觉得好。

后来看编舞家林怀民的采访，他说自己也看不懂，"我其实就是喜欢这

肆

个词。"这就够了，就是喜欢这个词。云门舞集一直喜欢，看了《行书》《狂草》《稻禾》，一切用身体来表现，疏离散淡又致命的性感。

我竟能在云门舞集看出与这个世界的格格不入，还有压抑的欲望、爱、扭曲、释放。我又爱林怀民那张寡淡而丰富的脸，明显的骨骼清奇相。看了蒋勋《欲爱书》，全是写给他，想想真值啊，这样舞过。

他简直就是松烟。

古人中，倪瓒、八大山人、渐江、张岱、王维都是我心中松烟。近人中，弘一法师是。还有木心先生。天性中散淡出孤傲、富贵、清幽，一生或许爱过，但最爱的竟然是艺术和山河，他们活得仙气飘飘又孤绝清美，那松烟空灵荡漾啊，那松烟是逃开了人世纷扰独自眠餐独自行的离世。

在古代，有一种墨叫松烟墨。上好的松烟墨要选择肥腻、沉重、粗壮的古松树，烧出烟灰，制作工序十分复杂——但据说制出的墨好用极了。日本还有一家人在制墨，用的是古法，维持了几百年了，专门做松烟墨。

看完了云门舞集《松烟》更喜欢这一个词。有一年跑到黄山看松，是老松，在黄山顶上松涛阵阵，又看云烟，一时间松烟翻滚，把人逼出泪来，一时久久不能动弹，也不敢放高声语，恐惊动那些得了仙道的松烟。有一刹那彻悟生死寂灭，最后不过是一缕松烟，而山河依旧在，看穿这人世间所有情深缘浅。

唯有人至中年才会喜欢松烟。

松烟是中年的，是闲看孤云静爱僧，是浮云吹了雪，世味煮了茶，是深情的、不露声色地活成自己的样子，是越来越喜欢独处静幽，且把所有暗哑哑心事独自吞下，慢慢让光阴消化，千里江山万里山河都化成了浅笑，安宁朴素地过自己有滋有味的生活。

人至中年，松烟心情，爱驰色衰，澄明心远，不热烈不高歌，不豪壮不随波逐流，静水流深，且有对生命和光阴的大深情。松烟阵阵，席卷一切爱恨情仇，且让风都吹散了去。

临近冬天，开始临魏碑，看着楼下的银杏被大风一夜吹光。屋里还没有来暖气，冷飕飕的，空气中有孤独凛冽的味道，仿佛松烟之味，细品之下，冷亦袭来。

暗思一下，从少年到中年，繁花似锦之后便是面对寂寥。没有人可以陪你一生，朋友亦是分阶段性，走一程看一程，但这些陪伴，都化成了生命中丰富的层次感，让你看起来如山，与众不同。

还喜欢松烟的高洁，格格不入，以及命格中带来的自命清高——她宁可孤独，也不大众，宁可一意孤行，也不哗众取宠。

很长一段时间，我穿着 42 元一双的球鞋到处乱跑，我梦见自己前世是一匹马，一直不停游走，球鞋穿坏了很多双，我把它们洗干净放了起来，没舍得扔。

从未谋面的读者见我照片，说我像雌雄同体的松树。她并未说我像花。这让我非常喜悦。真好啊，我像一棵松树，慢慢活成没有年龄没有性别。

老透了熟透了时，愿化作一朵松烟，且随云去，不留一些踪迹。真好。

肆

宣
纸

"轻似蝉翼白如雪，抖似细绸不闻声。"这是在说宣纸。

宣纸，多么轻妙的两个字，仿佛是有重量的，那重量又是微妙的，夹带着一个城的历史，这个城便是宣城。

只有宣城的青檀树可以制成白如雪的宣纸。

"韧而能润，光而不滑，洁白稠密，纹理纯净……"这也是在说宣纸。"肤如卵膜，坚洁如玉，冠于一时"，这是在说宣纸吗？这是在说绝代佳人。

东汉孔丹，见一古老青檀树倒于溪边，终年日晒水淋，树皮变白，露出缕缕纤维，他取之造纸，这是起初的宣纸。

笔、墨、纸，如何说清三者的关系？那么绵密地缠绵着，笔蘸了墨，落在纸上便有了情怀，便生了根发了芽，宣纸才有了活生生的疼和喜悦。之前，它孤独沉睡，如处子端丽大雅。睡了几百年，是墨唤醒了它，弄疼了它。它醒来，睁开眼，一眼认出，这墨原来是它的春闺梦里人，可男可女，一见如故——

真正赋以灵性的感情早已超越男欢女爱的小情小调，那笔或纸是男子或是女子，携了墨来，一笔落下去，三人成知己，坐望千古怀。从此，不离不弃。

屋有宣纸，古意盎然。宣纸有形、有色、有味、有态。那态是隆重的端丽的，那态也是放纵的矜持的，那态只能是中国的。

绵软的宣纸里藏着化骨绵掌，荡开来，是中国文人的情结。中国文人，哪个没有收藏一些宣纸？好的宣纸像私藏的美妾，偶尔出来示人，即刻惊艳。

去一个书法家串门，除了诗书画在墙上，柜上散着光泽，那一屋子宣纸惊了人心。

藏了几十年的老宣纸，自有一份让人沉溺的低调奢华。老宣纸去了火气，渐渐收敛了锋芒，散发出宣纸里蕴藏的大美。

一刀宣纸，如果藏了上百年，价值不菲不说，单是姿态，已经从容。那经过千年的泛黄宣纸，是一个暮色美人，虽老了旧了，仍然芳华逼仄，逼得你想落泪。

去中国美术馆看五十年珍藏展，那些珍贵的古画、书法名帖，除了作品让人发呆，那泛黄的宣纸更是古意跌宕，它们是所有一切的底子。没有宣纸的沧海桑田，哪有这些珍品的光芒？

宣纸有沉甸甸的质感，铺开一张宣纸，可以任意画或者写，这是让人任意放纵的王朝。在宣纸里，可黑可白，可花红可柳绿，可阔叶可瘦风，可片片煮落叶，又可飒飒刮秋风。

宣纸里是一个丰盈的世界。宣纸并非高高在上。它在民间，在可亲可怀的日子里。在很多寻常人家里，挂着一些著名或不著名的画或书法。那些宣纸，在普通人家里，有着贴心的暖意。

自习画以来，购了不少宣纸，去荣宝斋、琉璃厂……闲逛着，买红星牌的宣纸，三尺净皮……我抱着那些宣纸，像抱着自己的婴孩，那些纸被我裁成条、幅、斗方……我乱画着，没有老师没有临摹，只有随意画，花乱开，画乱画。那些宣纸成为我的同谋，它们吸收那些藤黄、赭石、花青，纸与颜料融为一体，它们相识、相亲、相爱，呈现出雪氏小禅的风格。那些风中的花朵发出叹息。它们在宣纸上，一一复活。

得知我习画，老友褚增明雨中送来两刀纸，说，好好画。

还有好友 Y，一试自己的纸好，即刻卷了送给我。T 负责裁纸，我在宣纸上画着自己绵密的心思，那些宣纸知道我的心思，它们都知道。宣纸吸收了我的疼，在很多时间里，这样的吸收是滋润。

有宣纸的屋子会有光泽。那光泽并不耀眼，却自有丰腴与气度，甚至有了不同的气场。而打开一张宣纸的刹那，有归去来兮之感，纸寿千年。

千年之后，有谁在打开这张宣纸的刹那，亦会如我一样，表面上不动声色，内心里波涛汹涌？

昔年曾见

照夜梅花白，这句给金农真是散淡的真情。

"莫讶菖蒲花罕见，不逢知己不开花"。这是金农的题跋。

"忽有斯人可想"。这也是金农的题跋。

"雀喳喳，忽地吹香到我家，一枝照眼，是雪是梅花。"

"雪一枝，玉不如。"

"故人今日全疏我，折一枝儿寄与谁？"

"山僧送米，乞我墨池游戏，极瘦梅花，画里酸香香扑鼻，松下寄，寄到冷清清地。定笑约溪翁三五，看罢汲泉斗茶器。"

"携鹤且抱梅花睡"。

"梅花开时不开门……"

中国文人画题跋，金农在我心中排第一。

我承认，我先是被金农的这些题跋惊到了。

真性灵啊。那里面，明明藏着一段又一段深情。是照夜梅花白，也是深山古寺明月光。

那漆书里，荡漾着直击灵性的梅花香气。

我想起另一个书画的味道，是另一种不适的味道。对，是徐渭，徐渭看多了，觉得呛人。一屋子呛人的气息，想跑。扑了一屋子戾气了。也想号啕大哭。但金农看多了，清气逼人。也想落泪，就想在梅花面前，默默流泪，就着梅花的香气即可，又清又冷又灵性。

金农的偶像是米芾。

可见他对自由的向往，也可见他有多么狂妄和离经叛道的心。

他一生有几十张自画像，算是书画家中自画像多的人，请看他随意一张自画像：长须清腮，青丝全无，手执长杆，素衣一身，俨然一个僧人。他曾说："君藏书在椟，我与佛同龛。"完全是个性的张狂与放肆。

所以，才有漆书。

所以，才有那独具一格的金农。

至清朝，馆阁体风靡天下，已无生机的书法如僵死之虫，呆板僵硬之下是碑学的兴起。金农率先反叛，追求金石之气和率真古朴——他的字里，全是反叛。裹夹着他往前行，师法碑学、抛弃二王——新鲜事物的诞生总有旺盛的生命力。

"耻向书家作奴婢，华山片石是吾师"。他对北齐的碑版奉尊至极，不要奴书与婢书。渴笔八分，融汉隶和魏楷于一体，刻意骇俗。他恨透了馆阁体，恨透了平庸，求拙为妍，浓厚似漆，人称漆书。

他向当时柔弱姿媚呆滞僵化的书坛开了一炮。这不仅是惊世骇俗，更是晴天霹雳。

金农的书法中，处处是春雷阵阵。

雅拙为趣、金石灿烂、深山幽谷、老柏苍松、出尘飘逸、天真烂漫，这是金农的漆书。像一个历经沧桑又天真性情的中年人。笨拙地站在那里，但站在那里，又觉得是故人重见，这是金农的高级。

但我喜欢的，是他心里那些深情。这一点，米芾没有。他们有的，都是狂妄、率真、惊世骇俗，他独有的，是"忽有斯人可想"的深情。

这个斯人，也许是他自己，也许是故人，也许是他的哑妻孟娟。

"斑驳残破意，好苔痕梦影。"金农一生断损：残破、剥蚀、屋漏痕、缺唇瓶、瘦梅孤。他自号"耻春翁"，这是一个厌烦春天的人。

所有的欣欣向荣与他无关，"雪比精神略瘦些，二三冷朵尚矜夸。近来老丑无人赏，耻向春风开好花。"这个耻字真苍茫。心里有孤寒之意的人，才会耻向春风开好花。

他的妻是残缺的，哑妻孟娟。

孟娟是他最后一个妻子。也是他最爱的女子。我觉得那个"斯人"可能是孟娟。孟娟比金农小40岁，不过是扬州八大盐商之一江鹤亭养的"瘦马"，被女人嫉妒药哑。

不早不晚的相遇。孟娟是一段春风，滋润了枯老的梅，他本号冬心先生，却因为孟娟激发出难得的激情。

孟娟精进书画，红袖添香，孟娟是妻子也是知音。更多的时候，孟娟是苍老金农生涯的一抹亮色，一朵雪梅，一缕清香——年轻的女子身上，总会让心已老身已老的人爆发出春天。

他们一起生活了七年。这七年是金农最美好灿烂的七年。孟娟染病离去，香消玉殒。而金农真的成为了寂寥冬心。从此，带一只瘦鹤寄居扬州城，吃斋、

肆

古柬寫真在晉附有顧愷之烏裝楷圖从南齊謝赫烏濮審傳神唐王維烏孟浩然畫像于刺史亭宋之坒寫張九齡真
朱拊一烏張果先生真旅宋林少藍畫布夷先生峯山道中老人騎驢像何克烏東揚居士真
張大同寫上蔡老人摩圖小郢許是傳宋家熱薬之米有烏寫真者開面發丂藏所獻大中圖圖道士吳草引銳潘寛自寫
其貌今阳阳水墨白描出自烏寫三朝老民七十三歲像衣秋面相作一筆畫陸探微吾其師之圖成遠寄柳之舊友丁鈍丁陰君陰
君不見余近五截矣能不閑之乎他歸江上與陰君林廰柳持高味搅縵驄舌衰宗尚不失山林事素也
乾隆二十四年閏六月立秋日垄衆記于廣陵僧舍之九節菖蒲館

→清·金農《自画像》·故宮博物院藏

画画、礼佛、独坐，在西方寺的最后几年，人生之晚境，书画至化境，山水、人物、花鸟、自画像，如入无人之境。

"停琴举酒杯，笑对梅花饮"。

他独自眠餐独自行。一人饮茶，一人弹琴，一人插花，一人饮酒。

如果孟娟还活着，他会给孟娟鬓边别一支梅花，哑妻会为他弹琴一曲，但现在，只有他自己了。

只有梅花真知己。这个画了一辈子梅花的男人，终于也活成了一朵寒梅、一株老梅、一株病梅。意阑珊，情不忘，长相思，人已老。

"清到十分寒满地，始知明月是前身"。过了几百年看金农，被他的拙朴、大气所打动，如饮一杯百年老茶，看形看色已动容。扬州八怪之一的郑板桥说："杭州只有金农好。"二人也曾小桥流水，也曾秦楼楚馆，也曾惺惺相惜。但郑板桥自有一股说不出的俗气。金农身上，没有这个俗。都画竹子，郑板桥的竹子像流水线与印刷品，金农的竹子来自大同云冈石窟，魏碑气、金石气、晋人风声。

他脱了南宗脱北宗，又无我又有我，在似与不似之间挥洒自如。

"冒寒写得一枝梅，却好邻僧送米来。寄与山中应笑我，我如饥鹤立苍苔。"这只饥鹤在72岁又画了自画像，这一年是乾隆二十四年（1759）。年长金农一岁的老友汪士慎病故，72岁的他大概也觉得来日无多，于是画了多张自画像。

在某种程度上，他的自恋和他崇拜的米芾一样——但他真有自恋的资本，一个人活得独一无二且是他自己，自恋便是艺术和艺术本身。1763年，金农76岁，告别这个世界。

余味缭绕，难得金农留下的气息一直弥漫。越来越清奇，那种极致的残缺和慵懒美学，放在今天，和那些工艺化出来的产品一比，立见高下。

如果和他活在同一个时代，我是去他家串门的人，也许是邻僧，也许是红粉，谁知我前世是男是女呢。但无论男女，我都会在下雪的黄昏，提着老茶老酒上门去，和他一起听雪赏梅吟诗放鹤。

　　当然，如果孟娟在就更好。

　　就像今夜，我也忽有斯人可想。这样的时刻，是黯然销魂的，我想，金农是知道的。

后记

生生之力

读《少年雪白：手帖志》的时候，我一直感到一种力量在字里行间，从高处远处而来，有涓涓溪流，亦有大河奔涌，势能的扑面，不可抵挡，是生生之力。

雪小禅这名字就有来头，每个字都有联想，是她思想的体现，名字是拿宿命养出来的，自带光芒，她就是。

她首先是个作家，敬畏写作，出过那么多受读者热捧的书，串联起个人的写作史，是持续的影响力。

也只有作家这个头衔，才能安妥她的灵魂。小禅的确有许多读者，女性居多，她的文字是中性写作，但她不为粉丝而写，她的写是为自己的内心需要。

三十多年的个人写作史里，她早年写过"青春"小说，也间有《读者》上出刊的"心灵鸡汤"文字，这都是过去，是被她自我否定过的。她知道属于自己的好文字是转型之后的，有自我镜像的，活色生香的日常，以及日常背后的不常，是自己突围出来的一条属于她自己的路。

作家称谓之后，她有生活家、旅游家、设计家的跨界行动和审美质素。她是个行动的人，每一个头衔都名至实归，实在让人羡慕嫉妒。

在小禅的禅园里，她养猫和花草，做地道的美食并晒出来，煮老茶和听老唱片是绝配，写小楷和魏碑，画心灵图画，与淘来的老物件对话，多样的雅集以及激情的写作。

她去大学讲学，也是旅行，交流有意思的人物和地方，赏不同的风物风情，行万里路的阅历。她还能设计，热衷"旧物美学"，淘喜欢的东西，做个人化的陈列，感慨于那些手作的温暖。

蒙克说："我们将不再画那些在室内读报的男人和织毛线的女人，我们应该画那些活着的人，他们有呼吸、有感觉，他们遭受痛苦，在痛与爱中生活。"

小禅的文字就是这样，经历自己，见证外界，表达的是一种内在的关联和冲突，是从自己的审美出发，并普罗众生的生活美学，经历时间的干预，逼近心田。多元的才情和审美，使小禅的写作宽博且纵深，文本单纯，却内在有多向度的发力。

西安大学多，小禅多次来讲学，一趟连排四校，朋友的牵线，她住在老钢厂左右客。夜幕里，我们相见。在工业感极强的场景里，我们聊戏：京剧的行当及对应流派；青春版《牡丹亭》；山西的"四大梆子"。我们还听了蒲剧宋荣庭的《教子》和阎逢春的《徐策跑城》。

她最喜欢的城市是上海，这与摩登时尚以及国际化有关，她喜欢京剧，如数家珍的背后有批判精神。她能唱程派名剧《锁麟囊》，我们有同样的豪华志向，都想养一个厨师班子和戏班子，传承地方的民间美食，传唱地方戏种，过古意的生活。

有了这样相见恨晚的交谊，我们开始筹划她在腾冲左右客的雅集，那一次主题是《惜君如常》的首发。世界腾冲，天下和顺，这是腾冲的地利。腾冲地远，而我在西安，那一次活动空前，许多读者自驾、乘火车、坐班车、坐飞机，辗转昆明再到腾冲，令我折服的是，她的读者众多，而且是真正沉在各地和民间的读者，她的文字已经聚拢了一个江湖，以她为绝对的中心。

不知从什么时候起，小禅宣布："我是左右客的形象代言人了，李建森是我宇宙第一男闺蜜。"

我一直想在北京开"小禅左右客"，一定要京剧主题，然后和小禅一起唱戏听戏赏戏。小禅说："北京的主场就是京剧，石家庄就是河北梆子，天津就曲艺。"

仗着男闺蜜的名份和实质，我在无锡、西安给她主持了两场读者见面会，遇见许多读者，读者带来不同的特产是心意的凝聚，感动的是那些读者的赤子之心，长途跋涉而不辞辛劳，所要表达的是对小禅的人与文的致敬。

我在主持词中，有过如下的表达："小禅老师的写作，践行以文学传承生活美学，美无处不在，而我们就是要像小禅老师这样，对美的发现、发掘怀有坚持，不妥协，她的文字是中性和中正的，有英气，也有美色，有吃喝玩乐，也有风花雪月，她是当代女版沈复、袁枚、李渔、陈继儒。这么多粉丝从各地和各界而来，是真正的英雄聚义。"

回到《少年雪白：手帖志》，读这个书稿的时候，我想起李白的诗句："俱怀逸兴壮思飞，欲上青天览明月。抽刀断水水更流，举杯消愁愁更愁。人生在世不称意，明朝散发弄扁舟。"李白是这样浪漫和放达，小禅的文字亦是这样浪漫和放达，性格和命运的叠加。

肆

少年多好，英气，有无垠的延展，而雪白，是精神的澡雪呀！文人气质就是这肉身修炼之后的灵魂追远。而《少年雪白：手帖志》的铺排也是唯一的，这些碑帖是手作的遗产，手作背后尽是"我手写我心"啊！

每一个碑帖背后的历史风云走过，是书写者对生活的述录和思想的标榜，那里面是"柴米油盐酱醋茶"和"琴棋书画诗酒花"，有雅量，亦有俗情，这是这本书的绝好之处，也是小禅强调的："这是我最重要的一本书。"是重要啊！

书法史是一条大河，支流万千庞杂，不说具体评价，光浩如烟海的经典甄选就考验才学，小禅俱能胜任。她的写法太独特了，在火眼金睛的判别力背后，不是说教，是个人的感怀，深入浅出，还原了当时的人心和世情，不同作品背后的成因活化，是一幕幕活剧，她做了换位的叙说，入情入理入法度的同时，有生活化的铺陈，有生命感的切入。站定在她的审美维度里，做自我的剖解。

她不同于任何一本书法志书，她就是她，是小禅式的。她大概是作家里第一个如此写碑帖札记的，以散点的透视，结构深入浅出的文字，为书写者和阅读者做最别样的梳理和解读，也为初学书法者做一个有效果的引领。

小禅还是作家里第一个担当戏曲评委的，《走进大戏台》《擂响中国》《伶人王中王》等等，点评犀利，能一语道破，实话直说。她不唯学院派的见识，跟了裴艳玲先生三年，写过著名的《裴艳玲传》。她喜欢访老伶人，我们一起去华山脚下访过老腔艺人"白毛"先生，去文艺路陕西省戏曲研究院访过《梁秋燕》的梁老大扮演者——眉户大家吴德先生。就戏曲而言，这些老艺人的身上，可窥探更多的秘笈，是真学问。

除了阅读《少年雪白：手帖志》的美意和为这本新作写后记的快意，我还收到了周公度兄从苏州寄来的由他译注、导读的沈复《浮生六记》、王国维《人间词话》，这最新版本凝结着春意，许是说不清的因缘吧，小禅的《少年雪白：手帖志》的手稿亦在案头，两位先贤的书是重器，而小禅的这本书稿与前贤经典有异曲同工之妙，这种巧合是冥冥之中的前缘吧。

小禅的书，有几十万册的发行纪录。这本书美意丰满，在延年的阅读里，愿它能一版再版，畅销和长销，经历时间淘洗，成为新的经典。

愿它在阳光、空气、雨露里，以及读者的呵护下，永远有生生之力！

李建森

肆

新出图证（鄂）字 03 号

图书在版编目（CIP）数据

少年雪白：手帖志 / 雪小禅著. -- 武汉：长江文艺出版社，2019.5
ISBN 978-7-5354-9810-6

Ⅰ.①少… Ⅱ.①雪… Ⅲ.①散文集-中国-当代 Ⅳ.① I267

中国版本图书馆 CIP 数据核字（2019）第045418号

责任编辑：郑海波　杨沐涵　　　　出 版 人：杨沐涵
责任校对：杨典雅　　　　　　　　产品经理：范　榕
封面设计：许天琪　　　　　　　　责任印制：张　涛

出版：长江出版传媒　长江文艺出版社
地址：武汉市雄楚大街 268 号　　　　邮编：430070
发行：长江文艺出版社
　　　北京时代华语国际传媒股份有限公司　　（电话：010-83670231）
http ://www.cjlap.com
印刷：北京盛通印刷股份有限公司

开本：660毫米×980毫米　1/16　　印张：16　　插页：0 页
版次：2019年5月第1版　　　　2019 年5月第1次印刷
字数：200千字

定价：88.90 元